Dieter Esser - Welten Riss

Dieter Esser

# Welten
---
# Riss

Roman

Bibliografische Informationen der Deutschen Nationalbibliothek:
Die Deutsche Nationalbibliothek verzeichnet diese Publikation in
der deutschen Nationalbibliografie; detaillierte bibliografische Daten sind im Internet über http://dnb.dnb.de abrufbar

Copyright 2023 Dieter Esser
Redaktion, Satz und Layout: Martin Haeusler
Korrektor: Carsten Klopfer

Herstellung und Verlag: BoD – Books on Demand, Norderstedt

ISBN 9783757863166

*„Die Materie ins Reine schreiben,
Die Dinge wieder richtig stellen,
die von den Menschen verrückt wurden ..."*

*Fernando Pessoa*

# Welten Riss

|  |  |  |
|---|---|---|
| Episode 1: | Leere | 9 |
| Episode 2: | Ödnis | 22 |
| Episode 3: | Reise Fieber | 28 |
| Episode 4: | Gedanken | 36 |
| Episode 5: | Reflexion | 41 |
| Episode 6: | Nach Spitzbergen? | 45 |
| Episode 7: | Die Anderen | 52 |
| Episode 8: | Handeln und Verhandeln | 62 |
| Episode 9: | INCIPIT VITA NOVA | 69 |
| Episode 10: | INCIPIUNT VITAE NOVAE | 79 |
| Episode 11: | Rom – Mene ... u par ... | 108 |
| Episode 12: | Longyearbyen – Menet ... u pars | 117 |
| Episode 13: | Brüssel | 121 |
| Episode 14: | Brüssel 2 | 130 |
| Episode 15: | Sejamos simples | 136 |
| Episode 16: | Zu neuen Ufern | 145 |
| Episode 17: | Das neue Ufer | 162 |
| Episode 18: | Am neuen Ufer | 165 |
| Episode 19: | After Menetekel-Day | 178 |
| Episode 20: | Destination | 182 |

# Episode 1: Leere

Lautes Gelächter der vierzehn Kinder, die sich um Immo Keupers scharten. In den ersten Jahren seiner Tätigkeit hatte er selber mitlachen müssen, wenn er, so wie jetzt, in einer Kirche, oder, sagen wir, was eher der Realität entsprach, dem Rudiment einer Kirche, einer Gruppe Kinder oder Jugendlicher erklären sollte, was für Absurditäten in der voräquatorialen Zeit vom Denken der Menschen Besitz ergriffen hatten.

„Was bedeutet dieses Kreuz?", fragte ein kleiner, nicht sehr schlanker Junge.

„Ja, das war das Symbol der sogenannten Christen. Die Person, die da an dem Kreuz hängt, war ein gewisser Jesus. Und dieser Jesus hat von sich behauptet, er sei der Sohn eines Gottes. Was die Menschen früher Gott genannt haben, hat man euch doch in der Schule erklärt, oder?"

Keupers Worte gingen in einer Kaskade von Gelächter und Gewieher unter. Zwei Mädchen skandierten „Je, je, Jesus, je, je, Jesus!" Als Museumspädagoge war Dr. Keupers auf solche Reaktionen gefasst. Fast täglich erlebte er nicht nur Kopfschütteln, sondern blanken Hohn, wenn er bei seinen Führungen durch Kirchen versuchte, Grundzüge der Religionen zu vermitteln. Er hatte ein aufwändiges Auswahlverfahren durchlaufen und es war ihm nach zahlreichen Prüfungen gestattet worden, Texte wie die Bibel, die Thora, den Talmud und den Koran, aber auch Übersetzungen fernöstlicher Religionen zu lesen und zu studieren. Die härteste der Prüfungen hatte er bei der CONGREGATIO durchgestanden.

Gelegentlich hatte er sich bei seinen Studien dabei ertappt, den Texten einen gewissen Reiz abzugewinnen. Ja, es hatte schon Momente gegeben, in denen er sich gesagt hatte, dass es in diesen Religionen vielleicht doch etwas an Sinnhaftigkeit gegeben haben könnte. Und vielleicht war dies auch der Grund dafür, dass sich Keupers für die Arktiker interessiert hatte, die auf Spitzbergen unweit des Saatgutspeichers weitere Speicher unterhielten, einen Ewigkeitsspeicher für Literatur, einen für Musik und einen für Kunstwerke. Wie faszinierend musste es sein, so dachte er manchmal, auf alle möglichen Werke der Weltliteratur zugreifen zu können. Längst überholter Kram, klar, aber vielleicht war da doch etwas zu finden. Er hätte sich gerne selbst einmal gründlich in diesem Speicher umgesehen und hatte sich vor fünf Monaten auf eine Stelle dort beworben, hatte aber immer noch keine Antwort erhalten. Vielleicht besser so, hatte er sich gesagt, ein Leben in der Einöde und Kälte in der Nähe von Longyearbyen würde er schwerlich aushalten können. Abgesehen davon galten die Arktiker im Nord als Spinner, die sich mit nutzlosem Zeugs beschäftigten. Und dennoch – vielleicht melden sie sich noch.

Was Immo Keupers allerdings verwundert hatte, war die Tatsache, dass man sagte, die Südler würden von Jahr zu Jahr größeres Interesse an den Kulturspeichern zeigen. Er konnte das kaum glauben, denn schließlich war es noch keiner Expeditionsgruppe des Süd erlaubt worden, Spitzbergen aufzusuchen.

Wieder wurde er mit Fragen bombardiert: „Und was macht der da am Kreuz?" – „Wo kam der denn her?" – „Und wo steckt dieser Gott heute?"
Bei der letzten Frage brach die Gruppe wieder in ein tosendes Gelächter aus. Keupers war jetzt auf der Hut, er musste darauf achten, nicht von der Linie abzuweichen, da es nicht ausgeschlossen war, dass sich in der Kirchenruine Sankt Andreas ein Mithörer, leibhaftig oder technisch, befand. Und so gab er sich Mühe, die Kinder mit der Absurdität eines Glaubens an einen Gott oder Götter zu konfrontieren: „Diesen Gott, also den Vater dieses Jesus, hat natürlich nie jemand gesehen. Da haben damals trotzdem viele Leute dran geglaubt." Als erneute Unruhe aufkam, bat er die Kinder, sich seine Ausführungen ohne weitere Unterbrechungen anzuhören.

„Ihr könnt euch ja eure eigenen Gedanken machen, aber jetzt hört ihr bitte zu, lachen könnt ihr immer noch, wenn euch das alles wie ein Witz vorkommt."
Dann fügte er zur Sicherheit hinzu: „Was es ja letztlich auch ist, zum Lachen. Aber hört zu. Also: Dieser Jesus wurde von den Römern, das war eine

Großmacht so wie heute unsere CONGREGATIO, natürlich nicht annähernd so mächtig und technisch noch weit hinter uns zurück – also diesen Römern hat es nicht gepasst, dass dieser Jesus gesagt hat, er wäre der neue König der Juden, und sie haben ihn deshalb aus dem Weg geräumt, an ein Holzkreuz genagelt, was er natürlich nicht lange überlebt hat. Klingt schrecklich, aber ich denke, ihr seid schon alt genug, so eine Geschichte verkraften zu können. Die Römer haben so etwas öfters gemacht, wenn sie Leute bestrafen wollten."

Die Kinder fanden das widerlich und wollten nichts mehr davon hören.

„Passt auf", rief Keupers, „die Geschichte geht noch weiter. Ich weiß schon, was ihr sagen werdet, ernst bleiben kann man dabei nicht, aber ich erzähle es euch dennoch. Also: Dieser Jesus hatte angekündigt, dass er nach seinem Sterben ein paar Tage später wieder lebendig sein würde!" Jetzt war die Kindergruppe nicht mehr zu halten. Alle schrien durcheinander. „Das kann nicht mal meine Parent und die ist die beste Ärztin in der Charité", verkündete einer. „Angeber!", raunten einige der Kinder.

„Wir haben noch ein wenig Zeit, bis eure Klassenlehrerin euch abholt. Wenn ihr also noch Fragen habt, dürft ihr die gerne stellen", sagte Keupers.

Ein blondes Mädchen schaute ihn fragend an. Sie schien etwas zu beschäftigen: „Aber es gab doch diese Kirchen in fast jedem Dorf und hier in Colon hatten wir ganz viele davon. Da muss doch etwas dran gewesen sein, an diesem Jesus und an diesem ... ähm ... Gott."

Der Museumspädagoge hatte mit weiterem Gelächter gerechnet, aber es blieb aus, auch andere Kinder schienen nachzudenken.

Keupers wusste nicht so recht, was er antworten sollte, denn genau das war ja der Punkt, der auch ihn an der Geschichte mit dem Gottessohn, der mal lebendig, mal tot und dann wieder lebendig gewesen sein sollte, irritiert hatte. Er ignorierte die Frage des Mädchens, sammelte sich einen Augenblick und forderte dann die Gruppe auf, ihm zu folgen.

„Dieser klobige Steintisch hier, den nannte man Altar. Da wurde die sogenannte Messe gefeiert, das war so eine längere Veranstaltung, bei der die Besucher, ja, wie soll ich sagen, zu diesem Gott gebetet haben. Er solle sie doch beschützen, er solle ihnen gutes Wetter schicken, er solle für gute Ernte sorgen, er solle die Kranken wieder gesund machen und so Sachen, also all das, wofür wir hier im Nord die Militia, die Secura, die Meteo, die Sanitas und andere Einrichtungen haben."

Ungläubiges Staunen in den Gesichtern der Kinder, als Keupers ihnen erklärte, dass die Menschen des Vor-Äquators nicht in der Lage waren, das Klima, also auch Wetter und Ernten selbst zu bestimmen.

Bei älteren Schülergruppen würde nun ein Monolog folgen, in dem Keupers die Rückständigkeit des Süd in allen Einzelheiten erläuterte. Dass man im Süd noch so etwas wie Götter oder einen Gott verehrt, dass der Süd von Flutkatastrophen und Dürreperioden heimgesucht wird, dass die Menschen, wenn man sie überhaupt als solche bezeichnen möchte, in Armut und Not oft in schäbigen Behausungen wohnen und wesentlich früher sterben als die hochzivilisierten Menschen im Nord.

Das war heute nicht nötig. Keupers schaute auf die Uhr und stellte erleichtert fest, dass die Zeit rum war und dass seine erste Führung an diesem Tag ohne größere Komplikationen abgelaufen war.

Pünktlich auf die Minute erschien die recht stark übergewichtige Klassenlehrerin, Frau Ritzinger, zeigte ihr übliches Lächeln und wies ohne ein Wort zu sagen die Kinder mit einer Handbewegung an, ihr in den Belehrungsraum zu folgen, der jeder Museumskirche angegliedert war und der in früheren Zeiten als Sakristei gedient hatte.

Als alle Platz genommen hatten, forderte sie die Klasse auf, ihre Computs herauszunehmen und ihr aufmerksam zuzuhören.

Die Kinder wussten genau, was sie zu tun hatten, und drückten die Aufnahmetasten. Was sie aber auch wussten, war, dass sie am nächsten Tag über all das, was Frau Ritzinger ihnen nun präsentieren würde, abgefragt würden.

Emotionslos wie jeden Tag begann sie ihren Vortrag: „Ihr habt mich beim letzten Mal gefragt, wie wir hier im Nord es schaffen, böse Menschen aus dem Süd davon abhalten, uns hier zu überfallen. Ich glaube, das warst du, Julius Falk. Also ich zeige euch heute auf dem Screen ein paar tolle Bilder, die unser Abwehrsystem erklären."

Julius Falk meldete sich, heftig gestikulierend. „Ja, Julius Falk, ich weiß, du willst etwas loswerden. Also gut."

„Mein Parent arbeitet bei Skylla-Enterprise", sagte er nicht ohne Stolz und schaute sich um, in der Hoffnung, bewundernde Blicke zu bekommen. Als sie ausblieben, fuhr er fort: „Mein Parent darf nicht alles sagen, was die da machen, aber er hat mir von zwei Ungeheuern erzählt, eines heißt Skylla, das andere weiß ich nicht mehr."

„Charybdis!", warf Frau Ritzinger ein.

„Ja, so ähnlich. Also die rasen aufeinander zu und zermalmen ..."

Frau Ritzinger unterbrach ihn: „Danke, Julius Falk, sehr schön. Und dein Vater hat dir das wirklich erzählt? Aber lass mich das mal lieber erklären."

Enttäuscht sackte Julius Falk in seinen Stuhl, konnte aber sehen, dass Frau Ritzinger eine Notiz machte. Was er nicht ahnte, war, dass Frau Ritzinger die Secura über den Parent ihres Schülers informieren würde.

Nun setzte sie ihren Vortrag fort: „Also, was der Vater von Julius Falk vermutlich nicht verraten hat, das will ich euch nun erklären. Seht euch mal dieses Bild an! Über den Äquator sausen in etwa 800 Fuß Höhe die sogenannten ROVER Tag und Nacht ohne Pause herum. Die ersten, und das zeigt dieses Bild, nannte man KELVIN-ROVER, unförmige rundliche Gebilde. Aber die konnten nur Stromstöße austeilen. Die aktuellen – hier im nächsten Bild – heißen HYPER-ROVER. Sie sind perfekt rund, große thermiebetriebene Kugeln. Wie viele es davon gibt, das weiß nur der Administrator auf Hawaii. Sobald sich also ein Objekt, egal ob ein Schiff auf dem Meer oder ein Fahrzeug auf dem Land oder auch ein Fluggerät in der Luft, sich von Süd dem Äquator nähert, schlägt einer der ROVER an. So ähnlich, wie Hunde das tun. Und je nach Größe des Eindringlings rotten sich zwei oder auch ganz viele dieser ROVER zusammen und zerstören das Objekt durch Strom und auf chemischem Wege.

Das mit Skylla und Charybdis, das war eine alte Geschichte, eine Art Märchen von zwei Ungeheuern, aber das soll uns jetzt nicht weiter interessieren. Ich werde euch nun erzählen, dass es trotz des fehlerlosen ROVER-Schirms Möglichkeiten gibt, vom Süd in den Nord und vom Nord in den Süd zu gelangen. Wenn zum Beispiel eines unserer Schiffe in den Süd fährt, um Rohstoffe zu holen, bilden die ROVER eine Gasse und lassen die Schiffe durch. Das gilt natürlich auch für die Rückfahrt.

Und wie kommen nun Menschen in den Nord oder in den Süd? Es gibt genau drei Schleusen, das sind riesige Tore mit jeweils drei gut bewachten Kammern. Diese Schleusen befinden sich an der Grenze von Brasilio nach Brasília, von Kenio nach Kenia und von Indonesio nach Indonesia. Ihr wisst ja: Das sind Länder, die durch den Äquator getrennt werden, so dass der nördliche Teil zu uns gehört und der südliche zu denen. Die ROVER umfahren wie ein enges Netz diese Übergangswege.

Und wozu dienen nun diese Schleusen? Nun, für uns im Nord hat dies den Vorteil, dass wir alle bösen Menschen, also alle, die ein Verbrechen begehen, stehlen oder andere verprügeln und so etwas, durch die Schleusen in den Süd transportieren. Dort werden sie registriert, damit keiner entwischt. Das nennt man Ausschaffung. Sicherlich habt ihr euch schon gefragt, warum es so wenige böse Menschen im Nord gibt. Das liegt zum einen an der Erziehung, von der auch ihr hier profitiert, zum anderen an der sehr strengen Ausschaffung aller kriminellen Elemente. Um das einzuhalten, haben wir die Militia, unsere bewaffnete starke Bürgerschutztruppe.

Aber es gibt auch die Möglichkeit, auf friedlichem Wege vom Süd in den Nord und vom Nord in den Süd zu kommen. Dies dürfen nur Forscherinnen und Forscher. Unsere Regierung hier im Nord hat großes Interesse daran, den Kontakt zum Süd aufrecht zu halten. Denn der Süd ist es schließlich, der uns nicht nur die Kriminellen abnimmt, sondern auch, wie ich eben gesagt habe, Rohstoffe hat, die wir hier im Nord dringend brauchen. Dass die Südler ansonsten ziemlich unzivilisiert sind, das brauche ich euch ja nicht zu erklären."

Auf ein Zeichen der Lehrerin hin drückten die Kinder die Stopptaste. Frau Ritzinger forderte die Kinder auf, die Nummern 12-21 zu löschen, da sie nicht wollte, dass der Beitrag von Julius Falk verbreitet wurde. Dann setzte sie sich bequem aufs Pult.

Das war für die Kinder das Zeichen, dass nun der harmlosere Teil begann. Was sie nicht wussten, war, dass ihre Lehrerin natürlich jeden ihrer Beiträge auf einem Gerät aufzeichnete.

„So, nun erzählt mal, was eure Parentes so machen. Ich weiß natürlich, dass nur zwei von euch bei euren Leibesparentes wohnen, aber auch eure Fosterer behandeln euch gut, wie ich gehört habe. Also los, nur keine Scheu! Wer erzählt uns etwas?"

Nach kurzem Zögern meldete sich ein dicker, braunhaariger Junge: „Mein Parent ist auf dem Mars, da suchen sie nach Bathium, ich weiß nicht genau, was das ist, aber es ist wohl wichtig für die Fliegerapparate und die ROVER, damit sie leise in der Luft schweben können oder so."

Die Lehrerin bedankte sich und hörte sich noch weitere Schüleräußerungen an. Sie notierte sich, dass zwei Mädchen den Wunsch geäußert hatten, wenn sie groß seien, den Süd zu besuchen; sie wollten sehen, wie die dort leben. Sie schaute auf die Uhr und wartete auf weitere Schüleräußerungen.

Ein dunkelhaariges Mädchen meldete sich: „Frau

Ritzinger, warum lernen wir nur Englisch und Spanisch? Es gibt doch noch andere Sprachen."

Die Lehrerin kannte das Problem im Parenthaus dieses Mädchens: „Ja, Svetlana, die gibt es, aber du weißt doch, dass Englisch alle verbindet. Deshalb sprechen wir im Nord alle Englisch. Und die im Süd müssen alle Spanisch sprechen, damit man sofort … also, na ja … das Gewirr von Sprachen haben wir zum Glück aufgelöst. Stell dir vor, jede Gegend im Nord würde eine andere Sprache sprechen. Das wäre das reinste Chaos."

Das Mädchen gab sich nicht damit zufrieden: „Meine Parentes sprechen mit mir Russisch. Sie meinen, damit würde ich meinen Horizont erweitern."

„Schluss jetzt!", fuhr die Lehrerin sie an. „Davon will ich nichts hören."

Sie notierte sich den Namen des Mädchens und hoffte auf angenehmere Beiträge.

„Ja, Kilian! Bitte!"

Kilian räusperte sich, wagte nicht, der Lehrerin in die Augen zu schauen, doch dann sagte er: „Meine Parentes sprechen auch eine andere Sprache. Sie sind vor vielen Jahren aus Simbabwe in den Nord gekommen. Da gab es die gefährlichen ROVER noch nicht. Sie sind mit vielen anderen durch die Sahara gelaufen, das war damals nur Sand und Wüste, und dann haben sie in Libyen …"

„Das reicht, Kilian", unterbrach ihn die Lehrerin, „ihr solltet nicht von früher erzählen, sondern sagen, was eure Parentes heute machen."

Kilian schwieg und ein Mädchen mit sehr kurzem Haar meldete sich. Frau Ritzinger erteilte ihr das Wort, sichtlich erleichtert, dass Kilian schwieg.

„Mein Fosterer ist total nett. Er erzählt mir immer Geschichten. Meistens abends, wenn die Frau in den Dienst muss. Die beiden streiten oft, aber ich weiß nicht worüber. Vielleicht, weil ihr Sohn sich … also er lebt nicht mehr. Egal. Also, vorgestern hat mein Fosterer mir erzählt, dass es im Süd noch viel mehr Tiere gibt als im Nord. Auch giftige und ganz wilde. Eins heißt Krokodil."

Frau Ritzinger hörte aufmerksam zu, versicherte sich, dass ihr Record-Gerät funktionierte, und bat das Mädchen fortzufahren.

„Ja, und im atlantischen Südmeer, hat er gesagt, gibt es Wassertiere, die so groß sind wie große Schiffe. So gaaaanz große, die Wale, glaube ich. Die pusten Wasserstrahlen aus" – Gelächter der Kinder unterbrach das Mädchen. Doch es fuhr unbeirrt fort: „Stimmt das, Frau Ritzinger? Und warum haben wir im Nord keine Krokodile und Wale?"

„Nun, liebe Annika, das müsste dir und den anderen doch klar sein. Aber ich will es euch gerne erklären. Also, all die unnützen Bestien wurden systematisch ausger …" Sie stockte kurz „entfernt, damit sie keinen Schaden anrichten. Ich meine, stellt euch doch mal vor, so ein Krokodil greift euch an. Du hast keine Chance. Es frisst dich einfach auf!"

Entsetzen in den Augen der Kinder.

„Alles, was nicht gebraucht wird, wird entfernt. Das gilt auch für ganz kleine Tiere, die die Menschen krank machen. Moskitos zum Beispiel."

Nun unterbrach Annika die Lehrerin: „Und warum entfernen die Südler sie nicht einfach?"

„Weil, ja, weil, weil die das einfach nicht können, die sind technisch so weit zurück, dass sie ..."

„Dann müssen wir ihnen doch helfen!", sagte Annika. Aber ein anderes Mädchen rief: „Vielleicht wollen sie die gar nicht entfernen. Vielleicht mögen die diese dicken Fische."

Frau Ritzinger brach die Diskussion ab. So viele unbequeme Fragen wie heute hatte sie selten. Sie bat den kleinen Olof, von seinem Parent zu berichten. Sie wusste, dass Olof nur unproblematische Beiträge lieferte. Erleichtert hörte sie Olof sagen: „Meine Parent ist CHEMROVER-Ingenieurin. Sie produziert immer neues Material für die ROVER."

„Das ist gut für uns alle, Olof. Aber leider bleibt keine Zeit mehr, davon zu erzählen, wir müssen für heute Schluss machen."

Die Kinder verließen den Lehrraum. Frau Ritzinger notierte noch einige Namen, dann verließ auch sie schwerfällig die Museumsruine. Um 16 Uhr würde ihre Therapiesitzung beginnen.

## Episode 2: Ödnis

Der EURO-ASIA-Rat hatte sich zum achten Mal in diesem Monat zusammengefunden, um über die drängenden Fragen der N- und S-Politik zu beraten. Melina Jorgens wurde nach der Begrüßung der zugeschalteten Delegation des AMERI-Rats und des Beobachters der CONGREGATIO als erster das Wort erteilt.

Gemessenen Schrittes begab sie sich zum Redner:innenpult. Sie strich sich über den im Grunde faltenlosen schwarzen Rock, legte beide Hände auf das Pult und begann:

„Lassen Sie mich ohne Umschweife zum Punkt kommen. Es geht nicht an, dass monatlich Forscher:innengruppen aus dem Nord in den Süd und in weit größerer Zahl aus dem Süd in den Nord aufbrechen. Ich erinnere nur ungern an die Vorfälle in Kalkutta, Irkutsk, Brüssel oder", sie warf einen Blick auf die Monitore mit den zugeschalteten Amerikaner:innen, „Dallas und Bakersfield. Wir hätten die Ausbrüche religiösen Wahnsinns in diesen Gegenden von vornherein unterdrücken müssen. Und ich fordere den Rat auf, unsere eigenen Forscher:innen noch intensiver durch Militia zu beschützen, damit es nicht wieder zu Übergriffen, Verletzungen und, ja, sogar Tötungen wie in Sydney und in Windhuk kommt. Ich plädiere außerdem dafür, noch exakter zu prüfen, wer und vor allen Dingen warum jemand aus dem Süd hierher kommt.

Ich höre schon die Bedenkenträger:innen, denen die Durchlässigkeit der Schleusen schon immer wichtig war. Aber ich sage es ganz deutlich: Die jüngsten Ereignisse zeigen, dass die Vorstellung, Kennenlernen und Gedankenaustausch würden zu gegenseitigem Respekt führen, brandgefährlich ist. Der Traum ist aus, das alles muss ein Ende haben!"

Applaus brandete auf und nur wenige blieben still und regungslos. Melina Jorgens strafte die in ihren Augen liberalistischen Parlamentarier:innen mit einem verächtlichen Blick. Sie und ihre Kampfgenoss:innen waren es, die sich in der Behinderten-Frage rigoros für Ausschaffung eingesetzt hatten. Sie war es auch, die gemeinsam mit der Repräsentantin des Altenpflegerats auf die Idee verfallen war, dem Süd Prämien zukommen zu lassen für jeden Altmenschen, den sie dem Nord abnehmen. Auch bei diesen Beratungen war Gegenwind von der Berlin-Lyon-Fraktion gekommen – und doch hatte sie recht behalten: Sowohl das Behinderten- als auch das Altenprojekt hatten sich als durchaus erfolgreich erwiesen.

Aus Gründen der Ausgewogenheit erteilte die Vorsitzende Hedda Strindberg einem Vertreter der Berlin-Lyon-Fraktion, Justus Grotewohl, das Wort.

„Verehrte Anwesende! Es muss doch jeder und jedem auffallen, wie inkonsequent unser Handeln im Grunde ist. Ich möchte ein altes Wort benutzen, um ihnen deutlich zu machen, wie absurd die Forderungen sind, die wir auch gerade wieder aus dem Munde meiner Vorrednerin hören mussten. Sie und ihre Mitstreiter:innen, ja, ich weiß, es sind mehr als 90 Prozent aller Mandatsträger:innen, wollen allen Ernstes die Zugbrücken hochziehen, aber nicht ganz. Sie wollen Forscher:innenteams aus dem Nord in den Süd schicken, aber umgekehrt am liebsten jeden Kontakt von Südler:innen mit dem Nord verhindern. Wenn unsere Teams ihre Forschungsreisen durchführen, werden selbstverständlich die Zugbrücken heruntergelassen, um sie danach möglichst schnell wieder hochzuziehen. Das Unlogische besteht für mich darin, dass man zwar alle Kontakte blockieren, aber unsere Altmenschen weiterhin dem Süd überlassen will, gegen finanzielle Entschädigung natürlich. Das erinnert mich daran, dass vor langer Zeit Rentner:innen zum Beispiel aus Germanio ihren Lebensabend in Hungario oder Rumanio verbrachten oder vielmehr verbringen mussten, weil sie weder die Mieten noch die sonstigen Lebenshaltungskosten ihres Heimatlandes stemmen konnten. Statt uns des Wissens und der Erfahrung der Altmenschen zu bedienen, wollen wir sie loswerden, zahlen auch noch Geld dafür und – hier wird es noch unlogischer – riskieren, dass diese Menschen voller Wut auf den Nord genau dieses Wissen und diese Erfahrung dem Süd zukommen lassen.

Nun frage ich Sie, Melina Jorgens: Wollen Sie das? Sie betonen immer wieder, wie unzivilisiert, barbarisch und einer genaueren Betrachtung unwürdig der Süd ist. Und gleichzeitig verkaufen Sie dem Süd unser Menschen-Potenzial! Das passt nicht zusammen!

Lassen Sie mich zum Schluss kommen. Ich und meine Fraktion, übrigens in Übereinstimmung mit vielen Vertreter:innen der Mittelmeeranrainerstaaten, wir fordern den Rat auf, den Weg für intensivere Kontakte frei zu machen. Ich bin mir durchaus bewusst, dass wir als Bremser:innen und Queris gesehen werden, einige werfen uns sogar vor, Gedankengut des Süd in unsere Gesellschaft tragen zu wollen. Dieser Diskussion sehen wir gelassen entgegen. Und ein Letztes: Auch Sie, Melina Jorgens, wir alle werden irgendwann Altmenschen! Und es ist nicht sicher, dass wir als Polit-Repräsentanten wirklich alle im Alter in unseren Berg-Heimen unterkommen. Sie sagen: Für uns ist im Alter gesorgt. Aber was ist, wenn wir unsere Stellungen verlieren? Und noch etwas: Warum haben wir so viele Suizide von Altmenschen und warum machen sogar unglaublich viele junge Menschen ihrem Leben selbst ein Ende? Denken Sie darüber nach. Ich danke Ihnen."

Der Applaus war stärker als erwartet und ein aufmerksamer Beobachter hätte bemerkt, wie zornig Melina Jorgens wurde. Sie fing sich erst wieder und ihre Züge hellten sich erst wieder auf, als Tagesordnungspunkt 14 aufgerufen wurde.

Torben Tönnissen war der nächste Redner. Hätte man die Damen des Rats, die immerhin die überwältigende Mehrheit ausmachten, gebeten, ehrlich ihre Meinung zu diesem Mann zu äußern, so wären sei voller Lob gewesen: Ein attraktiver Mann, ein toller Redner! Aber da er, wie jeder wusste, gelegentlich politisch höchst gefährliche Ansichten zu haben pflegte, mussten sie mit dem Applaus vorsichtig sein.

„Ich weiß", begann er, „dass das Wort, das ich im Folgenden benutzen werde, den meisten einen Schauer den Rücken herunterlaufen lässt. Ich benutze es dennoch, nicht etwa, um ihren Widerwillen zu reizen, sondern um ihnen meine persönliche Haltung zu verdeutlichen: Sie wissen genauso gut wie ich, dass es im Süd zu Bewegungen gekommen ist, die, wie es unsere Vor-Vorfahr:innen schon befürchtet hatten, mit vollem Ernst – Achtung! Jetzt kommt es! – die Wiedervereinigung!"

Hier musste er innehalten, da ein allgemeines Geraune und laute Zwischenrufe eine Fortsetzung seiner Rede unmöglich machten. Zahlreiche Ratsmitglieder waren von ihren Sitzen aufgesprungen, reckten ihre Fäuste zur Hallendecke. Einige schrien etwas wie „Niemals!" oder „Was soll der Unsinn!"

Erst als Hedda Strindberg zum wiederholten Male um Ruhe gebeten hatte, beruhigten sich die Gemüter. Alle nahmen wieder Platz, die meisten lauschten den Ausführungen des Redners, nicht wenige aber beschäftigten sich demonstrativ mit angeblich ganz wichtigen Unterlagen.

„Da können Sie so laut schreien, wie Sie wollen, aber die aktuellen Ereignisse zeigen doch deutlich, dass da etwas im Gang ist, etwas, vor dem wir nicht unsere Augen verschließen sollten. Kontakte knüpfen, gegenseitige Besuche, Kennenlernen – das ist gerade jetzt kein Unsinn, sondern wichtig, wenn wir über die Entwicklungen informiert bleiben wollen und wenn wir weiterhin die Dinge in der Hand behalten wollen."

Der Applaus hielt sich in Grenzen. Es schien, als ob alle im Saal froh waren, als die erschöpfte Hedda Strindberg die Sitzung für beendet erklärte.

## Episode 3: Reise Fieber

„Get on board – now", tönte es aus zahlreichen Lautsprechern. Die achtköpfige Forschungsgruppe fuhr auf dem hydraulischen Lift bis zur Öffnung des Gleiters. Maja Forester Li warf einen letzten Blick auf die gläserne Galerie am Ende der Gleiterstation, winkte pflichtbewusst ihrem Chef Delacroix zu und verschwand als letzte in der Öffnung.

Der fensterlose Gleiter war für alle Expeditionsteilnehmer immer noch das Symbol einer Technik, die selbst Wissenschaftler wie Forester Li noch vor wenigen Jahren für unmöglich gehalten hätten. Ihr Lächeln für die sechs Best-Studenten und ihren Sicherheitsbeamten konnte nicht darüber hinwegtäuschen, dass eine gewisse Nervosität sie ergriffen hatte.

Die Reise in den Konga zwei Jahre zuvor kam ihr in den Sinn. Die Expedition hatte offiziell den Auftrag, Pflanzenwirkstoffe zu finden, die es im Nord außer im Pflanzenspeicher auf Spitzbergen nicht mehr gab; doch dies hatte sie damals ihren begabtesten Studenten überlassen. Sie selbst beschäftigte sich im Konga eher mit den Menschen. Mithilfe von Übersetzern war es ihr gelungen, ein wenig in die Welt dieser Südler einzutauchen, ihre Lebensweise, die sie als sehr verstörend empfand, zu studieren und zu dokumentieren. Besonders die rituellen Gesänge hatten sie mehr fasziniert, als sie sich eingestehen wollte. Die Rhythmen hatte sie noch im Ohr.

Ihre Gedanken wurden unterbrochen, als der Gleiter abhob und die riesige Halle verließ. Monitore glitten aus der Deckenverkleidung und zeigten Geschwindigkeit und die jeweilige Position des Gleiters an. Während die Studenten, für die dies der erste Gleiterflug war, begeistert auf die Bildschirme starrten, lächelte Forester Li. Hatte sie bei ihrem ersten Gleiterflug nicht genauso reagiert wie die jungen Leuten jetzt? In etwas weniger als einer Stunde von Brüssel bis zum Terminal in Miami! Das hätte sie, wäre es ihr erster Flug gewesen, ebenso fasziniert.

Doch die Gedanken an das Kommende überlagerten alles. Feuerland. Patagonien. Unglaubliche Mineralvorkommen, die der Nord unbedingt ausbeuten wollte, ja ausbeuten musste, weil einige wichtige Industrien darauf angewiesen waren. Forester Li, das wussten auch die ausgewählten Studenten nicht, die sie begleiteten, war zwar Wissenschaftlerin, ihre Reise in den Süden diente aber kaum wissenschaftlichen Zwecken. Sie war im Auftrag ihrer Regierung unterwegs, sollte als eine Art Goodwill-Wissenschaftlerin Türen öffnen, Kontakte knüpfen, Verhandlungsspielräume ausloten. Alles war genau abgesprochen, Forester Li war genau überprüft worden und hatte eine gründliche Schulung durchlaufen, bevor sie diesen Auftrag erhalten hatte. Sie als Bio-Ethnologin war daran interessiert, dass es bei ihren Verhandlungen auch um den Regenwald gehen sollte, den der Süd nach ihrem

Geschmack seit Jahrzehnten allzu sehr vernachlässigt hatte. Außerdem, so hoffte sie, würde diese Expedition ihr neue Türen öffnen, weg von der sie oft ermüdenden Universitätsbürokratie hin zu einer einflussreichen Stellung im Regierungsapparat, in dem auch ihr Freund tätig war.

Die Landung war ebenso sanft wie der Gleitflug selbst. Die Ausstiegsöffnung gab den Blick frei auf die graue Decke der Gleiterstation. Forester Li gab ihren Begleitern das Zeichen, dass sie selbst als letzte den Gleiter verlassen werde. Die Studenten zwängten sich aus der für ihr Gewicht recht engen Luke. Auch hier, einige tausend Meilen von Brüssel entfernt, der hydraulische Lift. Da er immer nur drei Personen fasste, stand sie jetzt mit ihrem Sicherheitsbeamten auf der Plattform, die sich langsam nach unten bewegte.

Natürlich hatte sie keine Empfangsdelegation erwartet, fand aber, dass ihr Empfang etwas freundlicher hätte ablaufen können.

Zwei in Khakiuniformen gekleidete Offizielle hatten die sechs Studenten in Reih und Glied aufgestellt – ein absurder Anblick. Sie selbst und der Sicherheitsbeamte gesellten sich eher lustlos zu der Gruppe. Wortlos gingen die Khakioffiziellen voraus und Forschungsgruppe „4B Patagonia", so die offizielle Bezeichnung, trottete hinterher. Am Rand der Gleiterhalle ging es durch eine Metalltür, dann über eine kleine Treppe herunter auf ein Schild zu, auf dem „Meeting Lounge" zu lesen war.

Nun geschah etwas Merkwürdiges: Die Khakiherren lächelten zum ersten Mal freundlich und zeigten auf die Tür. Sie sollten also eintreten, was die Forschungsgruppe „4B Patagonia" auch ohne Murren tat. Die Lounge bestand aus mehreren sehr bequemen Sitzgruppen und einer unendlich langen Bar, der Nighthawk-Bar von Edward Hopper nicht unähnlich.

Auch hier keinerlei Begrüßung. Also nahm man Platz. Ein Servicemitarbeiter – das Wort Kellner kam ihr bei dessen Anblick nicht in den Sinn – kam auf die Gruppe zu und sagte: „Hello. Sie sind 4B Patagonia. Ihr Gleiterflug zur Schleuse ist in einer Stunde bereit."

Dies schien die jungen Leute der Gruppe zu freuen, denn man überlegte, ob man in Anwesenheit von Dr. Forester Li Alkoholika bestellen dürfte oder ob man es bei einem ernährungs-politisch korrekten Energydrink belassen sollte. Die drei Mutigsten bestellten Whiskey Soda, blickten aber verschämt auf ihre Dozentin in Erwartung einer Reaktion. Forester Li allerdings zeigte keine Reaktion, sondern schaute auf eine Gruppe ähnlicher Größe, deren Kleidung und schlanke Figuren sie eindeutig als Südler identifizierte.

Der Leiter dieser Gruppe schien sich für die Nordler zu interessieren. Ein Lächeln, ein Kopfnicken, der Kontakt war hergestellt. Forester Li bestellte einen Kaffee. Sie wunderte sich, dass ihre Bestellung schon nach wenigen Sekunden auf dem kleinen Tisch vor ihr stand, als hätte der Kaffee hinter der Hopper-Theke bereits auf sie gewartet.

Sie nahm einen Schluck, stellte die Tasse ab und schaute auf. Der Mann, der offensichtlich die Südler-Gruppe leitete, stand vor ihr und fragte in Spanisch, ob er sich zu ihr gesellen dürfe. Forester Li fand keinen Grund, dies abzulehnen und lächelte freundlich. Ihr Spanisch hatte in den Jahren etwas an Glanz verloren, daher bat sie ihr Gegenüber, sich des Englischen zu bedienen.

„Juan Alveiro Gonzalez, angenehm. Meine Gruppe wird in Kürze den Gleiter nach Oslo nehmen, mit dem Sie, glaube ich, gerade gekommen sind. Wir sind heute Morgen nach der Schleuse mit dem Gleiter hierher gekommen und warten schon seit ein paar Stunden."

Offensichtlich wartete dieser Gonzalez nun auf eine Reaktion. Um nicht unhöflich zu wirken, fragte Forester Li ihn, was ihn und seine Gruppe in den Nord führe.

„Nach zahlreichen Versuchen", sagte er, „ist es uns gelungen, die Permission zu bekommen, die nördlichen Staaten des Nord zu besuchen. Meine Studenten sehnen sich vor allem nach den kühleren Temperaturen dort. Mein eigenes Intcresse gilt eher der Architektur der alten Kirchen in Norvegio und Suomo. Und nach den Nordländern reisen wir nach Rom, um uns die Überreste von Sankt Peter anzuschauen. Ein paar Gemälde sind ja noch nicht nach Spitzbergen ausgeschafft worden. Ich weiß, das muss für einen Nordländer seltsam klingen, aber ich bin Theologe und meine Schüler, Entschuldigung, Studenten beschäftigen sich mit theologischen Fragen, die den Menschen des Süd helfen können, ihr Leben zu meistern. Und was führt Sie in den Süd? Darf ich Ihren Namen erfahren?"

„Ja natürlich, entschuldigen Sie. Forester Li ist mein Name. Ich bin Bio-Ethnologin und unsere Reise wird uns nach Patagonia führen." Zur Sicherheit fügte sie hinzu: „Wissen Sie, Pflanzenkunde, Meteorologie, Einfluss des Meeres auf das Klima usw."

„Patagonia. Fantastisch. Wenn Sie meditieren möchten, gibt es keine schönere Umgebung. Und die Menschen dort sind hilfsbereit, leben ihr karges Leben, gottgefällig, aber glücklich."

Tausend Gedanken schossen Forester Li durch den Kopf. Gottgefällig, Theologe. Die Welt von gestern. Damit ihr Schweigen nicht allzu lange dauerte, stellte sie ein paar belanglose Fragen. Wo seine Heimat sei, was sein genaues Forschungsgebiet sei, woran er gerade arbeite.

„Ich finde", sagte Gonzalez, „der Nord und der Süd sollten viel zahlreichere Kontaktmöglichkeiten schaffen. Wir könnten voneinander lernen. Wir von Ihnen und Sie sicher auch von uns."

Forester Li wurde nachdenklich. Ihren Kaffee hatte sie fast vergessen. Er war nur noch lauwarm, aber um nicht reagieren zu müssen, trank sie einen Schluck.

„Was halten Sie davon, Frau Forester Li, wenn wir in Kontakt bleiben. Wir könnten uns austauschen. Von Wissenschaftlerin zu Wissenschaftler. Auch wenn nicht alle hinüber und herüber kommen können, die ROVER lassen Nachrichten durchaus zu, wenn man sich korrekt verhält. Wenn Sie mögen, gebe ich Ihnen meine Kontaktdaten und würde mich freuen, wenn Sie Ihre Reiseeindrücke ... , oder auch nach ihrer Rückkehr ..."

Es schien ihm aufzufallen, dass er möglicherweise etwas übergriffig war. Das hielt ihn aber nicht davon ab, Forester Li eine altmodische gedruckte Visitenkarte zu überreichen.

Sie nahm die Karte, dankte, steckte sie in eine der zahlreichen Jackentaschen ihres Expeditionsoutfits und trank nervös den Rest des mittlerweile kalten Kaffees.

Gonzalez erhob sich, wollte die Hand zur Verabschiedung reichen, sah aber davon ab, nickte kurz, wünschte eine erfolgreiche Reise und begab sich zu seiner Studentengruppe.

Die restlichen zwanzig Minuten bis zu ihrem Weiterflug nutzte Forester Li, um ein wenig mit ihren Studenten zu sprechen.

Doch immer wieder fiel ihr Blick auf die Südlergruppe. Das Wort „gottgefällig" ging ihr nicht aus dem Sinn. Von Wissenschaftlerin zu Wissenschaftler, hatte er gesagt. Ein Theologe! Das sollte Wissenschaft sein? Sie musste lächeln.

Die Durchsage riss sie aus weiteren Gedanken: *Gliding to Lock Brasilio in eight minutes.*

Die Studenten sprangen auf. Wie immer hatten sie Müll aus Chipstüten und Müsliriegeln hinterlassen. Forester Li hatte es aufgegeben, sich über solche Dinge aufzuregen. Als sie die Ausgangstür der Meeting Lounge erreicht hatte, nahm sie im Augenwinkel wahr, dass die Südler-Gruppe ihnen freundlich zuwinkte. Es war nicht zu ignorieren. Sie entschied sich, nicht zurückzuwinken. Woher sollte sie wissen, was dieser Gonzalez im Schilde führte.

Die Prozedur an der Gleiterstation Miami war die gleiche wie im gesamten Nord: Hydraulik, Öffnung, fensterloser Innenraum, Monitore aus der Decke, Abflug.

# Episode 4: Gedanken

Die außerplanmäßige Sitzung des Hohen Rats des Nord, der CONGREGATIO, fand an diesem herbstlichen Tag in Mosko statt. Alle fünf Räte waren anwesend, die gewählten Vertreter aller fünf Meteo-Zonen. Den Vorsitz übernahm turnusgemäß der Russe Pjotr Kolokolzew, Lena Engstroem vertrat die skandinavischen Länder, Leonore Peel Europa, Arid Shah die asiatischen und José Jameson Amerika.

Den üblichen Impulstext übernahm an diesem Freitag José Jameson. Er skizzierte knapp und präzise die Problemfelder, die einer Beratung bedurften: Als erstes nannte er die Unruhen im Mittelmeerraum, leitete über zu der dramatischen Bevölkerungsexplosion im Süd, erwähnte kurz die Räumung der letzten Bibliotheken und Museen zugunsten der Lagerstätten auf Spitzbergen, bevor er minutenlang das drängendste Problem erörterte: die toxische Verunreinigung des Meerwassers entlang einzelner Teile der ROVER-Linien.

Kolokolzew dankte Jameson und erteilte Engstroem das Wort, die schwer atmend ihr gewaltiges Gewicht ans Rednerpult schleppte.

„Bevor ich etwas zu den Freidenkern im Mittelmeerraum sage, möchte ich den Rat bitten, einen weiteren Tagesordnungspunkt aufzunehmen, der mir außerordentlich wichtig erscheint. Ich meine die auch schon im Euro-Rat problematisierte drastische Zunahme der wechselseitigen

Besuchsgruppen." Sie warf einen kurzen Blick auf den Vorsitzenden, der ihrem Anliegen zustimmte.

Dies tat er, indem er den traditionellen Hammerschlag ausführte, ein Relikt aus voräquatorialen Zeiten, das sich offensichtlich bewährt hatte. Ein einziger Schlag mit einem hölzernen Hammer auf das sogenannte Kontrollkissen und der Antrag war angenommen. Dann bat der Vorsitzende Engstroem, mit ihrem Beitrag fortzufahren.

„Die Mittelmeerländer, und ich wende mich ganz bewusst an Sie, verehrte Ms Peel, bereiten uns seit einiger Zeit erhebliche Sorgen. Ich meine damit nicht nur die sogenannten Aktivisten, die in Rom und Athen, aber auch in Dalmatio und in Espanio die Förderung, Instandhaltung und in einigen Fällen sogar den Wiederaufbau antiker Stätten fordern. Ich bitte Sie: Wenn wir unnützes Wissen und unnütze Stätten mit erheblichen finanziellen Mitteln stützen, bedeutet dies automatisch, dass andere Aufgaben zurückgestellt werden müssten. Neben diesen Aktivisten beobachten SSECURA-Einheiten des Nord seit langem die radikale Gruppe der Freidenker. Wie es in unserem Gremium hier üblich ist, beantrage ich, dass Ms Peel mit allen ihr zur Verfügung stehenden Mitteln beide Gruppen zum Schweigen bringt. Ich bin mir bewusst, dass der Süd, von wem auch immer, über solche Maßnahmen informiert wird. Aber das darf für uns kein Grund sein, Frieden und unsere Sicherheit aufs Spiel zu setzen. Ich danke Ihnen."

Sie verließ das Rednerpult und hatte sichtlich Mühe, sich zwischen Rednerpult und Medienwand herauszuwängen.

Der Hammerschlag, der nun erfolgte, bedeutete, dass keine Diskussion erwünscht war, dass Ms Peel den Beitrag als Auftrag zu verstehen habe und dass man damit zu einem nächsten Tagesordnungspunkt kommen konnte.

Es war Arid Shah, der das Wort erhielt: „Nie zuvor in der doch schon recht langen erfolgreichen Geschichte des Nord ist es vorgekommen, dass in einer einzigen Saison Dutzende Forschergruppen des Süd über unsere Regionen herfallen. Ja, genau das: Über unsere Regionen herfallen – dieses harte Wort wähle ich ganz bewusst. Eine riesige Delegation des Süd hat zum Beispiel unsere Produktionsstätten in Karachi, Tokio und Pjöngjang heimgesucht. Mit dem Auftrag der Spionage, was sonst? Können Sie, verehrte Ratsmitglieder, ausschließen, dass hier wesentliche Kenntnisse unserer auch für den militärischen Bereich wichtigen Schlüsselindustrien in die Hände des Süd gelangen? Was dies bedeutet, brauche ich Ihnen wohl nicht zu erläutern."

Shah sammelte sich einen Augenblick, nahm ein Dokument von seinem Tisch und fuhr fort: „Ein weiteres Beispiel: Ein Forscherteam aus Australia ist durch die Indonesio-Schleuse eingereist mit der eindeutigen Permission, die Bergwelt des Himalaya zu durchqueren. Offensichtlich ist es", hier lächelte er, „ja, offensichtlich ist es diesen klugen

Menschen nicht entgangen, dass sich der Himalaya zu Industriespionage nun einmal kaum eignet. Statt die Bergregionen aufzusuchen, bogen sie – und das auch noch mit Unterstützung unserer eigenen Transporter – ohne weitere Umwege nach Pjöngjang ab, besuchten ein Nuklearwerk, um nur acht Tage später Hyperthermie-Reaktoren in Tokio zu besichtigen. Ich weiß, meine Redezeit ist begrenzt und die Sitzungen des Hohen Rats dürfen die Stunde nicht überschreiten. Daher fasse ich mich kurz. Mein Antrag lautet: drastische Reduzierung und noch stärkere Kontrolle der Süd-Forschergruppen. Es ist wenig dagegen einzuwenden, weltfremden Elementen wie Schriftstellern, Philosophen und wie im augenblicklichen Falle sogar Theologen die Einreise zu gestatten. Diese Personengruppen sind höchstens dazu geeignet, ihre Beobachtungen in poetische Worte zu fassen." Alle Ratsmitglieder zeigten sich erheitert.

Der Vorsitzende ergriff das Wort: „Der Antrag des verehrten Herrn Shah ist angenommen! Ich reduziere die Anzahl auf drei Süd-Forschergruppen pro Jahr." Der Hammerschlag besiegelte die Entscheidung. Der Tagesordnungspunkt, der die Räumung der verbliebenen Bibliotheken und Museen beinhaltete, war in wenigen Minuten abgehandelt und entschieden. Engstroem gab zu bedenken, dass die Arktiker, denen man die freie Nutzung Spitzbergens als vom Nord unabhängige autonome Region gestattet hatte, möglicherweise durch den Besitz des Wissens aus allen schriftlichen Dokumenten der Vergangenheit zu einer potentiellen Gefahr werden könnten. Der Vorsitzende versprach, eine Arbeitsgruppe einzurichten, die sich unter Mitwirkung von Frau Engstroem dieses Problem untersuchen sollte.

Auch das Thema Bevölkerungsexplosion im Süd wurde rasch abgehandelt. Infiltration, medizinische Vorkehrungen und Wasserkontamination wurden diskutiert, um die Fruchtbarkeit des Süd auf ein nicht bedrohliches Maß zu reduzieren. Da sich kein Widerstand gegen diese Maßnahmen regte, blieben zur vollen Stunde noch etwa 27 Minuten.

Diese Zeit wurde allerdings auch gebraucht, um dem drängendsten Problem Raum zu verschaffen. Seit einiger Zeit waren die ROVER-Linien zwar nicht durchlässiger geworden, aber es waren in den tieferen Meeresregionen von Pazifik und Atlantik toxische Elemente nachgewiesen worden, größere Teile der Meere waren bereits in einem beunruhigenden Maße verunreinigt. Seltsamerweise – José Jameson als Repräsentant der Amerikas referierte hier kurz – trat das Phänomen der Verschmutzung im Nord weit häufiger und intensiver auf als im Süd. Bei Instandhaltungsarbeiten an einigen Unterwasser-ROVERN war festgestellt worden, dass der sogenannte Zip-Strom, der für ausgeglichenes Klima und gleichbleibende Meerestemperatur sorgte, seine Richtung um etwa 300 Meilen verändert hatte.

Verschiedene Mitglieder des Rates trugen Hypothesen vor, wie der Vorgang zu erklären und zu bewerten sei. Da man aber zu keinem Ergebnis kam, kam der Hohe Rat überein, dass sich Arid Shah und der Asia-Rat sowie Jameson und der Amerika-Rat des Problems annehmen sollten. Dazu sollte Kontakt zur ROVER-Administration auf Hawaii aufgenommen werden.

Nach 58 Minuten schloss der Vorsitzende die Sitzung mit den traditionellen drei Hammerschlägen.

# Episode 5: Reflexion

*Tagebuch / Forester Li / 12. November*

*Der Gleitflug unproblematischer als bei meinem Besuch im Konga. Etwas kühl der Empfang in Miami. Kalt und anonym. Muss unbedingt die Namen meiner Studenten lernen.*

*Begegnung in der Lounge mit einem Theologen des Süd. Sein Name stand auf so einer albernen altmodischen Visitenkarte, sonst hätte ich ihn längst vergessen: Gonzalez heißt er, Juan Aveiro Gonzalez. Zunächst war es mir sehr unangenehm, ziemlich frech, wie er einfach an meinen Platz gekommen ist und mich angesprochen hat. Er scheint aber in Ordnung zu sein. Was der wohl bei uns im Nord sucht? Faselt etwas von Kirchen. Lächerlich. Was mag dahinterstecken? Wahrscheinlich nur so ein schräg tickender Südler. Wie armselig der angezogen war!*

*Nach Erreichen der Brasilio-Schleuse bei Porta Eclusa recht aufwändige Scans. Drei Schleusenräume, dauerte etwa eine Stunde. Interessant waren die ROVER überall, über uns, neben uns. Überall. Dann eine andere Welt. Selbst im Konga war der Transport bequemer. Ein altes Gefährt mit zwei zahnlosen Fahrern nahm uns auf. Immerhin verstauten die Zahnlosen die ganzen Koffer mit unserer Ausrüstung recht behutsam im Hohlraum unter dem, was sie Bus nannten. Acht Stunden Fahrt. War ich als Studentin auch so wie diese jungen Leute? Kaum hatten wir den Boden des Süd betreten, zückten sie irgendwie erleichtert ihre Mobilgeräte. Jeder war mit Videocalls beschäftigt. Klar, auf den Gleitflügen und in den Meeting Lounges war die Benutzung dieser Geräte ja untersagt. Aber sie hätten ruhig mal was aus dem Fenster sehen sollen. Überall Vögel und dann diese Hunde. Die Südler scheinen alle mindestens einen Hund als Haustier zu halten.*

*Liege jetzt auf einer Matratze unter einem Moskitonetz in diesem gottverlassenen Ort. Etwa 80 Meilen südlich des Äquators. Muss versuchen, etwas zu schlafen.*

*Tagebuch / Forester Li / 13. November*

*habe meinen Eintrag von gestern noch mal gehört. Habe ich tatsächlich „gottverlassen" gesagt???*

*Satnachricht / Forester Li an Delacroix / 13. November*

*Angenehmer Gleitflug nach Miami und weiter nach Porta Eclusa. Unkomplizierter Übergang an der Schleuse. Lernbegierde der Studenten hoch. Recht komfortabler*

Reisebus. Jetzt schon weit südlich der Schleuse. Heute Tag- und Nachtfahrt bis Argentinia, der geplante Termin bei der Umwelt- und Rohstoffbehörde kann voraussichtlich eingehalten werden.
   Forester Li


*Tagebuch/Forester Li/ 14. November*

Furchtbares Gerüttel über Straßen, die den Namen nicht verdienen. Bei den wenigen Stopps Mahlzeiten aus Mais oder Reis mit undefinierbarem Gemüse. Habe Stomachicum an alle verteilt. Fred schmeckt alles. Als Sicherheitsbeamter kennt er solche Mahlzeiten zu Genüge und er „schützt" sich vermutlich durch Hochprozentiges. Über die sanitären Anlagen möchte ich nichts Näheres sagen.
   Muss daran denken, dass dieser Gonzalez und seine Leute hier leben müssen. Frage mich, wieso diese Leute in all dem Dreck hier nicht völlig unzufrieden aussehen. Wenn ich an die Innenstädte in Germanio, Italio oder Belgio denke, wann sieht man da schon mal eine Gruppe von heiter miteinander plaudernden Menschen? Und dabei haben wir im Nord doch das Land, von dem meine Großmutter immer sprach. War es Schlaraffia? Ist lange her. Großmutter hat mir immer davon vorgelesen. Die zahnlosen Fahrer haben gelacht, als es über diese Schlaglochpiste ging. Seltsam.


*Satnachricht / Forester Li an Delacroix / 14. November*

Sind nach geglückter Fahrt in Argentinia angekommen. Menschen recht merkwürdig. Totale Armut, verrottete

*Behausungen. Scheint hier das Übliche zu sein. Morgen 10 Uhr Treffen mit den offiziellen Vertretern der Energie- und Umweltbehörde.*

  *Forester Li*


*Maja Forester Li an Simon Vargas / 14. November*

*Lieber Simon, sorry, dass ich mich jetzt erst melde, aber es ist die Hölle. Die hygienischen Verhältnisse! Unglaublich! Meine Studenten, deren Namen ich immer verwechsle, spielen den ganzen Tag mit ihren Mobilgeräten herum. Sie scheinen sich nicht wirklich für das alles hier zu interessieren und, wenn ich ehrlich bin, widert mich hier auch einiges an. Ich weiß noch nicht, wie ich diese Wochen überstehen soll. Und überall Tiere. Hunde, Hühner und Schweine laufen frei herum. Unmöglich.*

  *Aber ich will dich nicht beunruhigen, es geht mir im Grunde gut. Man kümmert sich im Rahmen der Möglichkeiten hier im Süd ganz gut um uns.*

  *Ich vermisse unsere Gespräche. Dein Vorschlag, nach meiner Rückkehr zu heiraten, hat mich ein wenig irritiert. Wir leben doch ganz bequem und problemlos zusammen. Ich will aber gerne noch ein wenig darüber nachdenken. Du weißt schon, die Arbeit, der Stress, diese „Expedition", die in Wirklichkeit keine ist – wie du weißt – und meine Aufgabe hier, das alles nagt ein wenig an mir.*

  *Ich hoffe, dein Projekt läuft, wie du es dir vorgestellt hast. Ich verstehe zu wenig von Medienpsychologie, finde es aber interessant, was du mir erzählt hast. Ja, du hast Recht, man kann über die Medien unser nördliches System sehr gut unter-*

*stützen. Es tut mir leid, dass ich dich mit meinem Einwand, dass ihr mit eurem Team von MediaFlux die Menschen an der Nase herumführt, irgendwie beleidigt habe. Das war falsch von mir. Es war nur so ein Gedanke, ich bitte dich um Entschuldigung.*

*Ganz liebe Grüße, deine Maja*

## Episode 6: Nach Spitzbergen?

Es war ein für die raue See Nordnorwegios recht unzulängliches Schiff. Das jedenfalls glaubte Immo Keupers, als er in Kirkenes am Hafen stand. Er hatte es schon als seltsam empfunden, dass es keine Gleiterflüge nach Spitzbergen gab; andererseits war ihm der Gedanke angenehm, dass dieser sehr entlegene Teil der Welt offensichtlich etwas Besonderes war, etwas Ungewöhnliches, zu dem er, sollte das Bewerbungsgespräch positiv verlaufen, bald Zugang haben würde. Ja, er würde ein Teil des sonderbaren Arktiker-Landes sein.

Immer wieder hatte er die Antwortschreiben der Arktiker gelesen:

*... und da Sie ... jahrelange Tätigkeit als Museumsführer ... in den religiösen Ruinen gearbeitet ... hat der arktische Rat beschlossen ... zu einem Bewerbungsgespräch ... Details Ihrer*

*Arbeit werden wir mit Ihnen in diesem Gespräch erörtern und klären. Wir erwarten Sie in Kirkenes am 22. November gegen Mittag. Die „Amundsen" legt um 16:00 Uhr ab ...*

Es war erst kurz vor Mittag, das bedeutete für ihn, Zeit zu haben, sich sowohl den Hafenbereich als auch einen Teil der Stadt anzusehen. Er versuchte ruhig und entspannt zu wirken, konnte seine innere Unruhe aber nicht verbergen.

Der Gleiterflug von Colon nach Kirkenes hatte weniger als zwanzig Minuten gedauert. Kein Problem, aber nun, das wusste er, stand ihm eine Schiffspassage von mehreren Tagen bevor. Keupers entschied sich, doch auf dem Hafengelände zu bleiben, sofern die Secura ihn ließ. Seine Dokumente waren ja in Ordnung, alles war genau überprüft worden.

So erkundete er zunächst den südlichen Teil des Hafens, wunderte sich über die rege Betriebsamkeit an Land und auf den Schiffen. Was ihn aber am meisten beschäftigte, waren die riesigen Türme von Containern, die den südlichen Teil des Hafens bedeckten. Wohl aus Platzgründen, so glaubte er, hatte man die Container nicht nur nebeneinander gelagert, sondern übereinander gestapelt, oft bis zu zehn Container, die den ohnehin dunklen Himmel noch mehr verdunkelten.

Der westliche Teil des Hafens bot ein ähnliches Bild. Container über Container. Es interessierte ihn, was diese Container enthielten, aber wen sollte er fragen? Er las auf einer Gruppe von Containern italienische Wörter, auf anderen spanische, wieder andere trugen kyrillische Schriftzeichen. Er trat noch näher heran, das Kyrillische reizte ihn, und obwohl er des Russischen nicht wirklich mächtig war, gelang es ihm, das Wort „Eremitage" zu entziffern.

Ein roter Jeep stoppte nur wenige Zentimeter neben ihm. Ein Uniformierter, der aufgrund seiner grünen Uniform und seines wuchtigen Oberkörpers in Keupers Assoziationen von Hulk aufkommen ließ, sprang heraus und rief irgendetwas, das entfernt nach Englisch klang. Da Keupers nicht reagierte, wiederholte der Uniformierte seinen offensichtlich auswendig gelernten Text ein wenig deutlicher: „This is a restricted area. Access only to personnel. Your documents please!" Dann kam Hulk näher, die rechte Hand auf eine Art Taser oder Pistole gestützt.

Keupers kam natürlich der Aufforderung nach und reichte dem Uniformierten die Papiere, die ihm die Arktiker hatten zukommen lassen: die Einladung nach Spitzbergen, einen Passierschein von der Gleiterstation zum Hafen sowie eine befristete Aufenthaltsgenehmigung für das Hafengelände.

Nachdem diese Papiere auch von dem zweiten Uniformierten im Jeep sorgfältig geprüft worden waren, baten sie Keupers, zu ihnen in den Jeep zu steigen. Das Englisch des Fahrers, der noch wuchtiger war als Hulk, war wesentlich besser als das seines Kollegen und man gab ihm zu verstehen, dass es trotz einer gültigen Aufenthaltsgenehmigung aus Sicherheitsgründen nicht gestattet sei, sich allein und ohne Sicherheitskleidung auf dem Hafengelände zu bewegen. Man werde ihn in die Baracken der Sicherheitsoffiziere bringen. Dort, so erfuhr er, werde man ihm eine Tasse Kaffee und ein paar Kekse anbieten. Natürlich wäre Keupers lieber weiter auf dem Hafengelände herumspaziert, aber den Sicherheitsvorschriften zuwiderzuhandeln, dazu hat er keine Lust. Und vermutlich hätten die beiden ihn keine falsche Bewegung machen lassen.

Und so erreichten sie nach kurzer Fahrt eine Ansammlung von Baracken. Der Fahrer hielt an, sein Kollege sprang aus dem Jeep und öffnete Keupers die Tür. „Folgen Sie uns!", sagte er diesmal in tadellosem Englisch. Dr. Immo Keupers folgte.

Die Baracke, in die man ihn führte, war geräumig, hell erleuchtet und angenehm warm. Er setzte sich auf einen bequemen Sessel unweit des Ausgangs. Es dauerte nicht lange, bis ein dampfender Kaffee vor ihm stand. Jetzt erst fiel ihm auf, dass er durchgefroren war. Minus 18 Grad – eine für die Jahreszeit nicht ungewöhnliche Temperatur, welcher Keupers aufgrund seiner Aufregung und seines Staunens zuerst wenig Beachtung geschenkt hatte.

Ob es ihm wohl gestattet war, die Uniformierten etwas zu fragen? Er versuchte es und erkundigte sich nach dem Inhalt der vielen Container. Eigentlich hätte er sich die Antwort denken können. Der freundliche Fahrer, der sich zu ihm gesellt hatte, sagte: „Das ist alles unnützer Mist, unbrauchbares Zeugs. Seit Monaten geht das hier so. All der Schrott aus den Museen, Kirchen und Synagogen landet hier bei uns, ausgerechnet bei uns. Und täglich wird es mehr. So viele Schiffe haben die gar nicht auf Spitzbergen, um das ganze Zeug in ihre bescheuerten Speicher zu transportieren, das wird noch ewig dauern, bis wir hier wieder soviel Platz haben wie früher." Nun nahm seine Stimme einen ironischen Ton an: „Damit das wertvolle Gut der Menschheit erhalten bleibt, sagen sie." Er lachte herzlich. Dann fuhr er fort: „Wissen Sie eigentlich, was das für Typen sind, zu denen Sie da reisen? Alles Arbeitsscheue, idiotische Träumer und Fantasten."

Nun fragte der uniformierte Fahrer: „Und Sie? Sie nehmen tatsächlich das Schiff nach Longyearbyen? Ich kann mir nicht vorstellen, was ein Mensch zu dieser Jahreszeit dort bei diesen Spinnern will."

Nun war es an Keupers, eine Antwort zu finden, die nicht zu absurd klang, den Herren aber auch nicht wirklich offenlegte, dass er gerade wegen des „unnützen Zeugs" die lange Reise antreten wollte. Und so stammelte er etwas von Gedankenaustausch, Informationsbeschaffung und biologischem Interesse.

Seine Zuhörer schienen sich damit zufriedenzugeben. Der Jeep-Fahrer trank rasch seinen Kaffee, erhob sich und zog sich zu seinen Kollegen in ein gläsernes Büro zurück.

Keupers schaute auf die Uhr. Es waren immer noch etwas über zwei Stunden bis zum Ablegen der „Amundsen". Er nahm seinen Comput aus dem Rucksack, schaltete ihn ein und vertrieb sich die Zeit mit dem Abhören und Anschauen von aktuellen Nachrichten von Nord-TV, nachdem er zahlreiche Sexkanäle übersprungen hatte.

Erst jetzt wurde ihm bewusst, auf was er sich einlassen würde. Und es wurde ihm bewusst, dass er sich hier in dieser Hafenbaracke am äußersten Rand des Nord befand. Die Nachrichten von den Unruhen in den Mittelmeerländern ließen ihn ebenso kalt wie die Reportage über mehrere erfolgreiche ROVER-Attacken im Pazifik oder ein Erdbeben in Austrio, bei dem zahlreiche Menschen ums Leben gekommen waren. All diese Kurzclips, ständig unterbrochen von Werbung, kamen ihm ebenso banal vor wie die Musiksendung, die sich an die Nachrichten anschloss. Immer die gleichen dahinplätschernden Rhythmen, immer die gleichen harmlosen Harmonien. Sicher, er wusste, dass das Absicht war. Zu oft war die Musik der Ausgangspunkt von staatsfeindlichen Bestrebungen gewesen, so dass der Nord den ganzen Musikbereich unter staatliche Kontrolle gebracht hatte. Und im Zuge einer Sparwelle hatte man alle Musiker entlassen und alle Musik durch Computerprogramme mit künstlicher Intelligenz machen lassen. Das hatte bei einem Teil der Bevölkerung des Nord zuerst für Unmut gesorgt, aber so ließ sich der Musikbereich perfekt überwachen: Töne, die nicht von staatlichen Computern generiert worden waren, waren illegal, ganz einfach. Als Keupers bewusst wurde, dass vielleicht nur wenige Meter neben ihm, neben der Baracke, in der er saß, in den turmhohen Containerstapeln eine völlig andere Musik lagerte, musste er lächeln.

Exakt eine Stunde vor dem Ablegen der „Amundsen" ertönte ein schrilles Signal, dann eine Schiffssirene. Die freundlichen Uniformierten riefen ihm zu, dass man ihn nun mit dem Jeep zu seinem Schiff fahren werde.

Die Strecke bis zum Schiff hätte in der Tat eine gewisse Zeit in Anspruch genommen, so dass er nicht undankbar war, dass er gefahren wurde. Er bedankte sich überschwänglich, schulterte seinen Rucksack, winkte ein letztes Mal seinen Begleitern zu und betrat den Steg, der ihn ins Innere des Schiffs führte. Auch dort musste er seine Dokumente vorzeigen, und nachdem man ihm versichert hatte, dass seine beiden großen Gepäckstücke bereits seit dem Vormittag an Bord waren, betrat er das Bordrestaurant, setzte sich an einen Tisch direkt am Fenster und schaute erwartungsvoll in die Dunkelheit und auf das nur von den Lichtern des Schiffs erhellte Wasser, das für die nächsten Tage sein ständiger Begleiter sein würde.

Punkt 16:00 Uhr lief die „Amundsen" aus. Keupers war auf dem Weg nach Spitzbergen.

## Episode 7: Die Anderen

Es war ungewöhnlich warm in Oslo. Juan Aveiro Gonzales konnte ein Lachen nicht verkneifen, als er Enrico begrüßte, einen seiner Studenten, der mehrere Schichten Pullover trug. Das Frühstück im Hotel war äußerst reichlich. In seiner Heimat hatte Gonzalez sich zum Frühstück stets mit einem einfachen Kaffee begnügt. Doch hier konnte er einfach nicht umhin, sich reichlich am Buffet zu bedienen.

Nun trudelten sie alle der Reihe nach ein: Elvira, die ihre Masterarbeit über Thomas von Aquin geschrieben hatte, Isabella, deren Eltern Gonzalez erst hatte überzeugen müssen, ihrer hoch intelligenten Tochter die Teilnahme an der Nordfahrt zu gestatten, Pedro, sein schwierigster Student, und Raoul, den alle wegen seiner fußballerischen Qualitäten nur Pelé nannten. Nur Joaquim und Juan ließen wieder einmal auf sich warten. Gonzalez vermutete, dass sie wieder die halbe Nacht damit verbracht hatten, sich die verschiedenen TV-Programme, die man in Oslo empfangen konnte, anzuschauen.

Als alle Platz genommen hatten, die ersten Brote belegt waren und aus allen Tassen herrlicher Kaffeeduft strömte, fragte Gonzalez in die Runde: „Und? Was sind eure Eindrücke?"

Enrico, dem es gelungen war, einen seiner Pullover abzulegen, machte den Anfang: „Ich fand es schade, dass nur noch die eine Stabkirche übrig ist. Und eine solche Holzkirche als Museum zu benutzen, vermutlich mit dem Hintergedanken, Religion lächerlich zu machen, das hat mich schon befremdet."

„Was die hier unter Kultur verstehen", warf Elvira ein, „ist irgendwie leer, oder?" Obwohl die Unterhaltung auf Spanisch verlief, bat Gonzalez seine Mitreisenden, etwas leiser zu sprechen, zumal dann, wenn man sich kritisch über irgendetwas äußerte. Ihm waren die zahlreichen Kameras und die Vertiefungen in den Wänden und auf Tischen nicht entgangen, die vermutlich alles aufzeichneten.

Er wollte gerade auf Elviras Einwand antworten, als Joaquim und Juan den Raum betraten. Sie wurden mit einem fröhlichen Hallo von den anderen begrüßt. Wie es die Ränder unter ihren Augen vermuten ließen, war Gonzalez' Gedanke, dass sie sich die Nacht mit TV Shows und Propagandavideos von Nord TV um die Ohren geschlagen hatten, richtig. Wortlos nahmen die beiden Platz, ließen sich von Isabella Kaffee einschenken, für den sie sich mit einem wortlosen Nicken bedankten.

„Hat einer von euch", fragte Elvira, „zufällig auch dieses Programm auf TeleMark gesehen? Das sollen Nachrichten gewesen sein, eine Nachrichtensendung, in der Tatoovideos prämiert wurden, wo man einen Jugendlichen begleitet hat, der zu Fuß von Amsterdam nach Utrecht in Hollando gegangen ist, und wo man die Arbeit irgendeines Rats in den höchsten Tönen gelobt hat. Dass die das nicht merken! Die verarschen die

Menschen. Und dann der ganze Pornodreck auf mehreren Kanälen. Kein Wunder, dass die keine Lust ..." Sie schwieg.

Auch wenn Gonzalez die Ausdrucksweise nicht billigte, so stimmte er doch der Studentin zu: „Das ist deren System, den Menschen deutlich zu machen, wie gut es ihnen eigentlich geht. Und seid mal ehrlich: Es geht Ihnen gut. Das gilt nicht nur für das Frühstück, dieses komfortable Hotel und die anderen Annehmlichkeiten. Die haben auch keine Probleme mit Kriminalität oder Drogen oder sonstigen Dingen, die uns im Süd doch sehr belasten."

Pedro meldete sich zu Wort: „Das funktioniert doch nur, weil die alle devianten Menschen entweder hart bestrafen oder zu uns in den Süd ausschaffen. Mein Vater hat sich um solche Menschen gekümmert. Das waren oft gebildete, keinesfalls gefährliche Leute. Die hatten nur ihre Meinung gesagt und dafür mit Ausschaffung bezahlen müssen. Nur deren Kinder hat man im Nord behalten und zur Adoption freigegeben. Und noch was: Ist euch auch aufgefallen, dass alle hier, ob Mann oder Frau, ziemlich stark übergewichtig sind? Ihr G-Food scheint so gesund gar nicht zu sein, wie die immer sagen."

Schweigen in der Runde. Es war Elvira, die das Gespräch wieder aufnahm. „Eine Nachbarin von uns in Buenos Aires hat meiner Mutter erzählt, dass eine Freundin von ihr über 4000 Norddollar bekommen hat. Und wollt ihr wissen, wofür? Sie hat ihr Baby verkauft, kurz nach der Geburt. Das scheint kein Einzelfall zu sein, die haben einfach zu wenig Nachwuchs hier im Nord. Und wenn ich mir die Leute so ansehe, kann ich mir denken warum."

Professor Gonzalez fühlte sich unwohl bei dem Gedanken, dass ihr gesamtes Gespräch vielleicht doch mitgehört werden konnte. Deshalb schlug er vor, nach dem Frühstück einen Spaziergang durch den Skulpturenpark von Oslo zu machen.

Er legte den Zeigefinger auf die Lippen und sagte: „Bis heute Abend haben wir noch viel Zeit uns auszutauschen. Ich weiß, ihr würdet lieber ganz langsam und gemütlich, vielleicht sogar mit einem Bus, quer durch Germanio und dann über die Alpen nach Italio fahren. Aber diese Gleiterflüge sind nun einmal verpflichtend. Mir selbst geht es wie euch, es irritiert mich, dass ich, kaum eingestiegen, schon ein paar tausend Kilometer entfernt bin. Also, machen wir einen Spaziergang durch den Skulpturenpark, packen dann unsere Sachen und bereiten uns auf den Gleiterflug nach Rom vor. Aber zuerst solltet ihr euch die Skulpturen im Vigeland-Park ansehen. Ich weiß, dass wenigstens dort noch etwas von der traditionellen Kultur zu sehen sein wird."

Die Gruppe erhob sich und nur Gonzalez fiel auf, wie die wenigen Gäste des Frühstücksraums sie musterten.

Als sie auf die Straße traten, entledigte sich Enrico eines weiteren Pullovers, denn es war noch wärmer als die Tage zuvor.

Professor Gonzalez waren die zahllosen freizügigen Darstellungen von Sexualität aufgefallen, aber beeindruckt war er von etwas anderem. Er erinnerte sich an eine Nachricht, die er im Nord TV am Abend zuvor gesehen hatte. Da war die Rede davon, dass der südliche Teil Norwegios um eine Meteo-Entlastung gebeten hatte. In der Animation war zu sehen, wie kleine Kristallelemente in die Atmosphäre geschossen wurden, die in wenigen Minuten die Wolken auflösten, den zu dieser Jahreszeit nicht sehr intensiven Sonnenstrahlen den Weg ebneten und für Erwärmung sorgten. Hatte er es auch für recht unnatürlich gehalten, so verlangte es ihm doch einen gewissen Respekt ab, dass der Nord in der Lage war, das Klima, ja sogar das Wetter eines einzelnen Tages technisch zu beeinflussen. Wäre das nicht auch etwas für seine Heimat?

Nach wenigen Metern kam Isabella auf Gonzalez zu und sagte: „Hier geht niemand zu Fuß. Da, schauen Sie mal, wie schräg die Leute in dem Geländefahrzeug uns anschauen! Und ich habe kein einiges Tier gesehen, weder einen Hund, noch eine Katze; nicht einmal Vögel." Gonzalez bestätigte ihren Eindruck durch ein einfaches Nicken. „Die haben sich alles abgewöhnt, glaube ich, das Gehen, das miteinander Reden, einfach alles", fuhr sie fort.

Nach einer Dreiviertelstunde Fußweg erreichten sie den Vigeland-Skulpturenpark. Kein einziger

Besucher war außer ihnen zu sehen. Staunend ging die Gruppe an den riesigen Skulpturen vorbei, blieb hier und dort stehen, voller Bewunderung für die künstlerische Arbeit, die in jedes dieser Werke gesteckt worden war.

Professor Gonzalez erklärte seinen Studenten, dass diese gewaltigen Skulpturen selbst den Arktikern zu wuchtig waren. Auch wenn er davon gehört hatte, dass Museen in Italio, in Francio und Espanio darin wetteiferten, ihre Kunstwerke loszuwerden, um die freiwerdenden Räumlichkeiten für Funparks und Shopping-Malls zu nutzen, versuchte er zu verstehen, dass in den Speichern Spitzbergens zu wenig Platz sein musste, um auch solche Monumentalwerke zu horten und zu pflegen. Natürlich war ihm aufgefallen, wie die Zeit und die Witterung auf den bronzenen und steinernen Werken ihre Spuren hinterlassen hatten.

Er öffnete einen alten Reiseführer, in dem der Skulpturenpark Besuchern empfohlen wurde. Vergeblich schaute er sich nach einer Art steinernem Obelisk aus Menschenleibern um. Allerdings mussten sie gerade erst an der Stelle vorbeigekommen sein, an der sich diese große Säule befunden hatte. Vielleicht hat wenigstens sie den Weg in die Kunstspeicher geschafft, dachte Gonzalez.

Mittlerweile waren die beiden unzertrennlichen Kumpel Joaquim und Juan durch den Gang in der frischen, warmen Luft soweit erholt, dass sie einzelne Skulpturen auf ihren Skizzenblöcken abzeichneten. Juan zeigte noch stärker als Joaquim eine außerordentliche Begabung, Dinge zeichnerisch festzuhalten. Das werde, so hoffte Gonzalez, gerade in Rom von unschätzbarem Vorteil sein, zumal es ihnen in den Reisevorschriften verboten worden war, Fotos oder gar Videos zu machen.

Mit geradezu kindlichem Stolz hielt Juan seinem Professor eine Zeichnung entgegen. „Es muss Monate gedauert haben", sagte Juan, „ein solch fantastisches Werk zu schaffen! Und wenn Sie sich umschauen, Professor, sehen Sie niemanden, der sich dafür interessiert. Ich nehme an, die beiden Herren dort drüben hinter der Mädchenskulptur sind doch bloß wieder neue Aufpasser für uns."

Gonzalez freute sich zu sehen, mit welchem Enthusiasmus der noch am Morgen schlaftrunkene Juan jetzt seine Beobachtungen scharfsinnig formulierte und seine Zeichnungen anfertigte.

Isabella, Elvira und Pedro hatten sich auf einer Treppe niedergelassen. Gonzalez näherte sich und hörte ihrer Unterhaltung zu. Er hörte, wie Elvira sagte: „Für was sich die Menschen hier wohl interessieren? Für Kunst und Musik jedenfalls schon mal nicht." „Für einander auch nicht!", rief Pedro. „Ich habe die Leute im Café gestern beobachtet, in der Hausmann Gate; glaubt ihr, die hätten sich angeschaut oder miteinander gesprochen? Die haben alle in die Gegend geglotzt oder auf ihre Smartphones! Einer zeigte, soweit ich das sehen konnte, obszöne Bilder herum."

„Na, dann wissen wird ja jetzt, wofür die Leute hier sich interessieren", konstatierte Elvira sarkastisch, „ansonsten haben sie Gesichter wie Schaufensterpuppen, starr und irgendwie leer. Die einzigen, die ich habe lachen sehen, oder sagen wir besser ein wenig lächeln sehen, waren die Kellnerinnen und Kellner, aber vermutlich zwingt man sie dazu in ihrer Ausbildung. Mir kam dieses Lächeln jedenfalls unecht vor."

Nun warf Pedro ein: „Erinnerst du dich, Elvira, dass du beim Frühstück darüber gesprochen hast, dass die Menschen hier so wenige Kinder haben? Überall Pornos und keine Lust auf Sex, was stimmt da nicht?" Die beiden Mädchen lachten und auch Gonzalez konnte sich ein Lächeln nicht verkneifen. Hoffentlich muss ich mir nicht weitere Mutmaßungen über das Sexualverhalten der Nordler anhören, dachte er und lenkte das Gespräch auf die hiesigen Ernährungsgewohnheiten.

Raoul erzählte seinen Kommilitonen von seinem Restaurantbesuch: „Ich hatte ein Hühnchen bestellt, ehrlich gesagt hatte ich geglaubt, dass sie wenigstens das hinbekommen, aber was haben sie mir vorgesetzt? Etwas, das aussah wie ein halbes Hähnchen. Keine Ahnung, in welchem Labor sie das zusammengemixt haben, gegackert hat das Zeugs jedenfalls nie."

Einen Moment fragte sich Gonzalez, ob ihre Gruppe auch hier abgehört und beobachtet würde. Vermutlich nein, dachte er. Die beiden

„Beobachter" jedenfalls, die der Nord ihnen zugewiesen hatte, als sie die Stabkirche in Heddal besichtigt hatten, waren schon nach wenigen Tagen abgezogen worden. Vielleicht, überlegte Gonzalez, wurden sie anderswo gebraucht, schließlich war seine Gruppe völlig ungefährlich. Den staatlichen „Begleitern" musste die kleine Gruppe aus dem Süd wie eine Ansammlung von harmlosen Spinnern und Träumern vorkommen, von schrägen Vögeln, die ständig miteinander plauderten und sogar längere Wege zu Fuß zurücklegten.

Seine Gedanken wurden durch einen durchdringenden Schrei jäh unterbrochen. Es war Pedro, der, eine Hand vor dem Mund, mit der anderen Hand auf eine Stelle hinter einer Statue zeigte.

Die gesamte Gruppe eilte hinzu. Ein Bild des Grauens bot sich ihnen. Auf einer steinernen Bank und links und rechts neben der Bank lagen sechs tote Jugendliche mit weit geöffneten Mündern, aus denen eine gelblich-grüne Substanz hervorgeflossen war, die stellenweise schon eingetrocknet war. Gonzales wollte seine Gruppe mit ausgebreiteten Armen von dem grauenhaften Anblick wegschieben, doch alle blieben wie versteinert stehen.

Ein weißes Transparent lag auf dem Boden. Darauf konnte man lesen:

VI VAR ALLEREDE DODE FOR VI DODE HER. NORD ER EN KIRKEGARD

Pedros Schrei hatte auch zwei Männer auf den

Plan gerufen, die wie aus dem Nichts plötzlich aufgetaucht waren. Also doch, dachte Gonzalez, als der größere der beiden ihn anherrschte, er solle mit seinen Leuten verschwinden, während der andere die Szene mit seinem Smartphone festhielt.

Gonzales gehorchte und er und seine Studenten rangen nach Fassung, als sie schwankend und stumm den Skulpturenpark verließen.

Elvira fragte mit zitternder Stimme, was die Worte auf dem Transparent bedeuteten. Auch wenn Gonzales kein Norwegisch sprach, gelang es ihm, die Zeilen zu entziffern und er gab ihr die Worte bereitwillig wieder: *Wir waren schon tot, bevor wir starben. Der Nord ist ein Friedhof.*

In weniger als drei Stunden würden sie sich auf dem Weg nach Rom befinden. Nur weg von hier, dachte Gonzalez.

## Episode 8: Handeln und Verhandeln

Wie weit darf ich gehen, fragte sich Forester Li. Der Beauftragte der argentinischen Rohstoffkommission hatte ihr nach stundenlangem Hin und Her soeben in Aussicht gestellt, dass der Nord in der Provinz Chugut im Süden Argentinias Schürfrechte erhalten könne. Die Region des eigentlich geschützten Naturparks Karukinka in Feuerland wollte er dem Nord auch freigeben, hatte aber umfangreiche Gegenleistungen verlangt. Forester Li hatte, wie sie es mit Delacroix abgesprochen hatte, Hilfen bei der Wiederaufforstung des brasilianischen Regenwalds angeboten, womit ihre Verhandlungspartner nicht zufrieden waren.

Es war bereits später Abend, als Forester Li um einen Tag Bedenkzeit bat, da sie mit ihren Vorgesetzten sprechen müsse. Der Verhandlungsführer des Süd, Fernando Garzón, war einverstanden und schlug für den folgenden Vormittag ein Treffen unter vier Augen vor.

Forester Li verabschiedete sich, nahm das Angebot einer Taxifahrt zum Hotel dankend an und verließ den Verhandlungsraum. Ihr Spanisch hatte mittlerweile die frühere Sicherheit erreicht, so dass das Gespräch mit dem Taxifahrer, der unentwegt lächelte, zunächst glatt verlief, jedenfalls was die Sprache betraf.

„Der Garzón ist ein guter Mann, ein kluger Mann", sagte der Taxifahrer, „ich fahre ihn oft. Er hat mir heute Morgen erzählt, dass da jemand aus dem Nord kommt, aber er hat nicht gesagt, dass so eine wunderschöne, hübsche Frau kommt."

Forester Li schwankte zwischen dem Gefühl der Empörung über dieses Machoverhalten und einem Gefühl, das ihr merkwürdigerweise nicht unangenehm war, dem Gefühl, ein Kompliment erhalten zu haben. Das ging gegen ihre Erziehung, doch sie musste sich eingestehen, ein wenig geschmeichelt zu sein.

Ihre Reaktion war Schweigen.

Der lächelnde Taxifahrer zündete mutig die nächste Stufe: „Ich weiß auch von euren Tricks. Ihr kommt mit euren Riesenschiffen, diese verdammten ROVER lassen euch durch, dann heißt es: Wir brauchen Kohle im Nord, aber in Wirklichkeit geht es euch um unser Lithium, Basaltikum oder Tremonium. Ohne das Zeug läuft bei euch im Nord nicht mal ein Rasierapparat!"

„Oh, darüber wissen Sie Bescheid?", sagte Forester Li. Das sollte sein normaler Taxifahrer sein? Wie konnte dieser Garzón sie nur für so naiv halten.

„Wir hören hier einiges von euch Nordlern, wie ihr euch gegen die Natur stemmt, wie eure übergewichtigen Männer und Frauen nicht mehr normal miteinander ... Ihr habt wunderschöne Wälder und keiner geht dort spazieren, ihr habt klare Seen und keiner geht hinein. Nur Fressen und Saufen, das wär mir zu blöd."

„Das reicht jetzt!", fauchte Forester Li ihn an. „Fahren Sie mich einfach ins Hotel!"

„Wow, wow, wow! Habe ich was Falsches gesagt? Ihr kriegt keine Kinder mehr, kauft sie uns aber ab und macht Nordler aus ihnen! Ihr solltet euch schämen!"

Forester Li war sichtlich erregt. Der Mann ist offenbar über einige wunde Punkte des Nord informiert, dachte sie, und soll mich provozieren. Sie zog es vor zu schweigen.

Endlich tauchte ihr Hotel, das von kitschigen bunten Lampen und Strahlern illuminiert war, auf. Der Wagen hielt, sie riss die Tür auf und wollte nur noch ins Hotel stürmen, als sie noch die Worte „Adios, schöne Frau!" hörte.

Sie eilte grußlos an der Rezeption vorbei, drückte fahrig den Knopf des Aufzugs, in dem sie wutentbrannt verschwand. Die wenigen Sekunden im Fahrstuhl kamen ihr wie eine Ewigkeit vor. Sie erreichte den vierten Stock und stürzte nicht weniger hektisch aus dem Aufzug.

Doch dann hielt sie einen Augenblick inne, denn auch ihre Studenten und ihr Sicherheitsbeamter hatten ihre Zimmer im vierten Stock. Das Letzte, was sie jetzt gebrauchen konnte, wäre eine Begegnung mit einem ihrer Studenten. Der verfilzte und nicht eben saubere Teppichboden dämpfte ihre Schritte.

Eine weitere Schwierigkeit bestand darin, den altmodischen Zimmerschlüssel zu finden. Als sie ihn nach längerem Suchen in ihrer Dokumententasche gefunden hatte, dauerte es einige Augenblicke, bis es ihr gelang, den Schlüssel ins Schloss zu stecken.

Mit einem „nicht mal Code-Cards" auf den Lippen zog sie die Zimmertür hinter sich zu. Die Tasche flog in hohem Bogen auf den kleinen Schreibtisch.

Ihr Comput signalisierte, dass eine Nachricht angekommen war, und zwar von John Eliot, einer ihrer Studenten. Einen Augenblick musste sie nachdenken: War dies der langhaarige junge Mann mit dem Ohrpiercing oder der untersetzte Blonde, der über die Flussauen Germanios promovierte? Warum kann ich mir nur die Namen meiner Studenten nicht merken, ärgerte sie sich, warf den Comput auf das Bett und ging ins Bad.

Ohne ihren Mantel abzulegen, ließ sie Wasser in die Hände laufen und wusch rasch ihr Gesicht. Die Kühle war angenehm. Sie lächelte angestrengt in den Spiegel und flüsterte: „Adios, schöne Frau!" Und sie freute sich, dass es ihr gelungen war, ein normales Gewicht zu halten.

Sie trocknete ihr Gesicht und es war ihr vollkommen gleichgültig, dass das weiße Handtuch jetzt Spuren ihres Make-up trug. Zurück im Zimmer zog sie ihren Mantel aus und legte ihn auf eine kleine Truhe in der Nähe des Fensters.

Lange überlegte sie, wann sie das letzte Mal so nervös und gereizt gewesen war, doch sie konnte sich nicht erinnern. Sie setzte sich an den Schreibtisch, öffnete ihren Comput und atmete mehrmals tief ein und aus. Sie klickte auf „Satellitenmail", suchte den Namen Delacroix und diktierte:

*Satmail / Forester Li an Delacroix / 19. November*

*War gerade bei der Rohstoffkommission. Schürfrechte in Chugut durchbekommen. Hatte allerdings nicht damit gerechnet, dass uns auch Karukinka angeboten würde. Immerhin Naturschutzgebiet. Man weiß ja, wie hart die Südler sind, wenn es um so was geht. Im Gegenzug für die Freigabe des Naturschutzgebietes, das reich an interessanten Rohstoffen ist, verlangen die Südler, das heißt dieser Garzón, deswegen eine ordentliche Gegenleistung. Habe ihm die Wiederaufforstung des brasilianischen Regenwalds angeboten, hat ihnen aber nicht gereicht. Ich brauche Ihre Genehmigung für die weitere Verhandlung.*
   *Forester Li*

Es dauerte nur wenige Minuten, bis die Antwort eintraf:

*Satmail / Delacroix an Forester Li / 19. November*

*Gute Arbeit, Maja, gratuliere! Ich wusste, wir haben mit Ihnen die richtige Verhandlungsführerin geschickt.*
   *Die Aufforstung des Regenwalds ist kein Problem. Außer den notwendigen Pflanzen und Bäumen können Sie ja noch anbieten, dass wir ein paar Meteo-Missiles runterschicken, die das Klima dort auf den früheren Stand bringen. Als weitere Verhandlungsmasse können Sie die Möglichkeit erwähnen, die Atacama-Wüste in Chila fruchtbar zu machen. Zeigen Sie ihnen, wie wir das mit der Sahara gemacht haben!*
   *Aber Achtung! Verhandeln Sie behutsam. Wir brauchen diese Rohstoffe, unbedingt! Wenn die Südler da an-*

*beißen, fordern Sie noch etwas im Gegenzug für die beiden Klimaprogramme: die Falklandinseln. Erwähnen Sie, dass Sie die Malvinas, so heißen sie in Argentinia, für den Nord bekommen wollen. Kann mir vorstellen, Maja, dass sie darauf eingehen, für die sind die Inseln wertlos, aber wir hätten dann einen festen Stützpunkt im Süd.*
*Delacroix*

Sie blieb noch einen Augenblick sitzen und starrte an die Zimmerdecke. Noch weitere Forderungen! Musste das sein? Dann stand sie auf, streifte ihre Schuhe ab und warf sich mit dem Comput auf das knarrende Bett. Noch schnell die Nachricht dieses Studenten abhören und dann endlich schlafen.

*Sehr geehrte Frau Dr. Forester Li,*

*wir senden Ihnen diese Nachricht, weil wir etwas ratlos sind. Seit Tagen laufen wir in dieser Stadt ziellos und planlos herum. Wir machen zwar interessante Entdeckungen und sprechen mit interessanten Leuten, aber eigentlich hatten wir erwartet, dass Sie bei uns sind und uns Beobachtungsaufgaben stellen, dass Sie uns bei unseren schriftlichen Ausarbeitungen helfen und überhaupt uns stärker zu Verfügung stehen.*

*Ich habe die Aufgabe übernommen, den Unmut meiner Kommilitonen in Worte zu fassen. Einige von uns stellen mit Bedauern fest, dass wir nicht einmal die Mahlzeiten mit Ihnen gemeinsam einnehmen. Einer von uns hat sogar die Vermutung geäußert, dass wir nur so etwas wie Statisten sind. Sophia und Tom meinten, Sie in der Nähe eines Regierungsgebäudes gesehen zu haben.*

*Natürlich steht es uns nicht zu, Sie zu kritisieren oder gar Forderungen zu stellen. Daher formuliere ich es als Bitte: Lassen Sie uns entweder teilhaben an Ihren Aktivitäten und verbringen Sie mehr Zeit mit uns oder klären Sie uns auf und lassen uns wissen, was wir hier überhaupt sollen. Und noch einmal: Verstehen Sie dies als Bitte, nicht als Forderung.*
*Hochachtungsvoll, John Eliot*

Ihre ohnehin schlechte Laune war nun völlig getrübt. Natürlich hatten die Studenten Recht und sie müsste sich mehr um sie kümmern, aber „teilhaben lassen", das war natürlich unmöglich. Sie musste zweigleisig fahren, ihre Studenten beschäftigen und gleichzeitig mit den Behörden verhandeln.

Sie spürte eine tiefe Müdigkeit, ihre Augen wurden schwer. Sie hatte nicht einmal die Energie, sich auszuziehen und so schlief sie nach wenigen Minuten ein.

# Episode 9: INCIPIT VITA NOVA

War es acht oder schon neun Uhr? Erstaunlich leise legte die „Amundsen" am Kai von Longyearbyen an. Durch das verschmierte Fenster seiner kleinen Kabine sah Immo Keupers nur gelbe Lichter und schemenhaft einige wenige Fahrzeuge. War das Weiß wirklich Eis und Schnee?

Er war hellwach und seine Gedanken huschten wie durch ein buntes Labyrinth: Werde ich es bald schon bereuen, mich hier beworben zu haben? Ob das wirklich der Anfang einer neuen Lebensphase sein könnte? Was habe ich aufgegeben? Einen sicheren Job in Colon. Verlogene Erklärungen. Sinnlose Führungen durch eine Welt, die eigentlich niemanden mehr interessiert. Wird es hier anders sei? Wer sind diese Arktiker? Doch dann wechselte das Labyrinth die Farben: Werde ich Manuskripte in Händen halten, die die Menschen aus einer fernen Vergangenheit geschrieben haben? Werde ich Kunstwerke sehen, alle an einem einzigen Ort versammelt, die noch vor wenigen Jahrzehnten die Menschen begeistert haben? Und Musik? Welche Musik? Bach, Mendelssohn, Mozart?

Ein unangenehmer Summton riss ihn aus dem Gedankenlabyrinth. Er drückte den größeren der beiden Knöpfe. Eine dunkle, leicht verzerrte Stimme sagte: „Sie werden gebeten, von Bord zu gehen. Sie werden erwartet."

Keupers wusch sich nur das Gesicht, zog sich hastig an, griff nach seinem Rucksack und verließ die Kabine, die so viele lange Stunden, ja Tage sein zu Hause gewesen war. Die gelbe Linie am Boden wies ihm den Weg. Er nahm die drei steilen Metalltreppen und erreichte den Teil des Schiffes, an dem er auch eingestiegen war. Da die riesige Ausgangstür bereits geöffnet war, spürte er, wie eisige Kälte ihn umfing. Das also war der Beginn?

Ein freundlicher, dick vermummter Matrose, vielleicht war es auch ein Schiffsoffizier, deutete mit einer Handbewegung in Richtung Ausgang an, dass das Fallreep nun verankert sei. Keupers nickte dem Vermummten freundlich zu und betrat das Fallreep. Den Versuch, sich am Geländer Halt zu verschaffen, gab er sehr schnell auf, weil ein brennender Schmerz seiner linken Hand ihm deutlich machte, dass er besser seine Hände von dem eiskalten Metall gelassen hätte. Noch wenige Schritte und er würde wieder festen Boden unter den Füßen haben. Longyearbyen.

Der Boden des Kais war notdürftig von Eis und Schnee geräumt, doch das, was die Räumfahrzeuge übriggelassen hatten, war so glatt, dass Keupers den Weg mit äußerster Vorsicht nahm. Ein Beobachter hätte ihn für einen alten, gehbehinderten Mann halten können, der schlurfend und balancierend aus seinem Altenheim entflohen war.

Ein schwarzer Jeep hielt wenige Meter vor ihm. Die hintere Tür öffnete sich und er hörte eine freundliche Stimme, die ihm in bestem Englisch lachend zurief: „Man muss vorsichtig gehen, wenn man hier ein Ziel erreichen will. Man rutscht schnell aus. Kommen Sie, Immo! Steigen Sie ein!"

Sehr erleichtert, den Jeep wohlbehalten erreicht zu haben, nahm er seinen Rucksack ab, setzte ihn auf die Sitzbank, stieg in den Jeep und atmete tief durch.

Der etwa 50-jährige bärtige Mann, dem die freundliche Stimme gehörte, reichte ihm die Hand. Ein fester Händedruck, ein freundliches Lächeln. „Willkommen bei uns", sagte der Mann, „mein Name ist Milan Mator. Aber hier auf Spitzbergen benutzen wir grundsätzlich die Vornamen. Mein Fahrer heißt Björn."

Björn lächelte in den Rückspiegel und fuhr langsam los. „Wir bringen Sie zunächst in Ihre Unterkunft. So etwas wie Hotels gibt es hier schon lange nicht mehr. Aber Sie werden zufrieden sein. Vor allem ist die Versorgung ausgezeichnet und Sie werden die Wärme zu schätzen wissen, besonders dann, wenn ich oder ein anderer von uns Ihnen unsere Region zeigen wird. Sie verstehen, dass ich Ihnen und mir das übliche Geplänkel, wie denn die Reise war, ob Sie mit allem zufrieden waren und so etwas, erspare."

In der Tat war Immo einverstanden, dass man auf dieses übliche Reisegewäsch verzichtete. Er spürte, dass man auch nicht von ihm erwartete, nun seinerseits ein paar Worte zu sagen. Stattdessen genoss er schweigend neben dem lächelnden Milan die Fahrt über mehr oder weniger geräumte Straßen, vorbei an Häusern, Lagerhallen und Baracken. Er fühlte sich nicht unwohl, nur die Dunkelheit setzte ihm ein wenig zu. Daran konnten auch die zahlreichen Lampen und Strahler nichts ändern. Er ließ alles auf sich wirken, was er sah, auch wenn die Fahrt eher einer Fahrt durch einen hellerleuchteten Tunnel glich.

Nach wenigen Minuten hatten sie das Gebäude erreicht, das nun Immos Unterkunft sein würde. „Du solltest dir vielleicht erst einmal dein Zimmer anschauen. Ich warte in der Lounge, und wenn du herunterkommst, werden außer mir noch zwei Arktiker da sein", sagte Milan, der zum vertraulichen Du übergegangen war.

An der Rezeption gab man ihm keinen Schlüssel, sondern bat ihn einfach in den ersten Stock zu steigen und Zimmer 104 aufzusuchen. Also nahm er die Treppe und fand ohne Schwierigkeiten die 104. Ihm war schon beim Eintritt in diese Art Hotel die angenehme Wärme aufgefallen. Ob es auf Spitzbergen Heizanlagen mit der Wärme heißer Quellen gab?

Da fiel sein Blick auf das geräumige Bett. Auch wenn er das schrille Rot übertrieben fand, freute er sich, dass man daran gedacht hatte, ihn mit Thermokleidung auszustatten. Sowohl die Hose und die Jacke als auch die drei schwarzen Pullis und die Unterwäsche schienen alle genau seine Größe zu haben. Und wie ist es denen gelungen, mein Gepäck vom Schiff schon hierhin zu schaffen?

Nun setzte er seinen Rucksack ab. Ob er etwas zu schreiben mitnehmen sollte? Er verzichtete darauf. Automatisch wollte er sein Zimmer abschließen, stellte aber fest, dass man ihm ja nicht einmal einen Schlüssel gegeben hatte, und beim genaueren Hinsehen bemerkte er, dass die Tür von 104 gar kein Schloss besaß.

Zügig nahm er die wenigen mit Teppichboden ausgelegten Stufen, ging an der Rezeption vorbei und sah schon aus der Entfernung, dass außer Milan noch zwei weitere Personen in der gemütlichen Lounge saßen, die ihn offensichtlich erwarteten. Der ältere der beiden stellte sich als Victor vor, der andere als Johannes. Alle drei rauchten genüsslich Zigaretten, ein Anblick, der Immo seit Jahren nicht mehr vertraut war. Niemand in seiner Umgebung rauchte. Lange musste er nachdenken, ob er überhaupt jemanden kannte, der noch rauchte, doch niemand fiel ihm ein außer dem alten Barthel, der beim Umbau von Sankt Andreas zur Museumskirche geholfen hatte, da er als ehemaliger Küster der Kirche die Räumlichkeiten am besten kannte. Ja, der alte Barthel drehte Tabakzigaretten.

Man bat Immo, Platz zu nehmen. Dann eröffnete Milan das Gespräch: „Also Immo, mich kennst du ja bereits. Victor hier ist für die drei Ewigkeitsspeicher zuständig und Johannes ist der Leiter des Speichers, der dich vermutlich am meisten interessiert. Wir nennen Johannes scherzhaft den Lesepapst. Seit Jahren betreut er den

Literaturspeicher, der sich Woche für Woche immer weiter füllt. Meine Aufgaben sind, gemeinsam mit einigen anderen, die allgemeine Verwaltung und die Außenkontakte." Er zog an seiner Zigarette und stieß den Qualm in Richtung der Zimmerdecke aus. Dann fuhr er fort: „Du hast dich beworben und ich sage dir gleich, dass Bewerbungsgespräche bei uns Arktikern anders verlaufen als bei euch im Nord. Ohne Umschweife sage ich dir, dass wir dich unbedingt haben wollen, ja, ich gehe sogar so weit zu sagen, dass wir dich brauchen."

Wieder machte er eine kleine Pause und zog ein letztes Mal an seiner Zigarette, bevor er sie in einem überdimensionalen Aschenbecher ausdrückte. Die beiden anderen schwiegen und ließen Milan fortfahren: „Wir haben deine Arbeit in der Museumskirche beobachtet, haben sogar schon deine Ausbildung verfolgt und – ich sage es dir ganz offen – wir haben deine Zweifel bemerkt. Zweifel an deinem Tun, vielleicht sogar Zweifel am gesamten System."

Das Schweigen an dieser Stelle irritierte Immo so sehr, dass er nach einem Glas greifen wollte; aber es stand kein Getränk bereit. Erst auf einen Wink Victors brachte ein Kellner vier Kaffee, vier Gläscr und eine Karaffe Wasser. Natürlich waren ihm Zweifel gekommen, aber wie konnten diese Arktiker davon wissen? Mit niemandem hatte er auch nur andeutungsweise darüber gesprochen. Mit wem hätte er sich auch darüber austauschen können, dass er die Gedanken eines Anselm von Canterbury, die Ideen Spinozas oder die Gleichnisse Platons mehr als interessant fand.

Wieder war es Milan, der ihn aus seinen Gedanken riss: „Du wirst Zugang zu den Schriften der Philosophen, Theologen, Autoren aller Epochen haben", sagte er.

„Und du wirst", sagte der Mann, der als Johannes vorgestellt worden war, „von uns über alles instruiert. Wir werden dich schon morgen durch die Ewigkeitsspeicher führen, das heißt, du wirst immer jeweils einen Teil zu sehen bekommen."

„Und", es war wieder Milan, „sobald du zugesagt hast, wirst du vor die Wahl gestellt, entweder eine Weile nur hier zu arbeiten und zu forschen – oder einer von uns zu werden. Du weißt, man nennt uns Arktiker. Über die Probleme, die der Nord dir machen wird, solltest du dir keine Gedanken machen. Wir haben Möglichkeiten, um dir alle Unannehmlichkeiten aus dem Weg zu räumen. Und es ist uns bei unseren Recherchen klar geworden, dass dich Geld und Luxus wenig interessieren. Dennoch wirst du mit dem Gehalt, das wir dir in Norddollar zahlen, mehr als zufrieden sein. Über deine Unterbringung solltest du dir auch keine Gedanken machen. Da du die meiste Zeit im Literaturspeicher arbeiten wirst, haben wir für dich ein geräumiges Haus in der Nähe der ehemaligen Kohlengruben vorgesehen. Der Ort heißt Pyramiden und liegt nördlich von hier auf der Hauptinsel. Dort befindet sich der Literaturspeicher, tief im Erdboden. Du wirst die alten Minen kennenlernen, in denen gut gesichert die Literatur der Jahrhunderte gespeichert ist. Nur noch so viel: Nach deiner Einarbeitungszeit wirst du etwa 40 Mitarbeiterinnen und Mitarbeiter haben und deine Hauptaufgabe wird darin bestehen, die gesamte Literatur zu ordnen, zu kategorisieren und zu katalogisieren. Klingt nach stupider Bürokratie, ist es auch. Aber für dich vermutlich die Erfüllung eines Traums. Johannes wird dich in den nächsten Tagen einweisen."

Immo war erstaunt über die Offenheit, mit der man ihm hier gegenübertrat. Arktiker werden, alles aufgeben, aber eben auch Zugang zu Schriften haben, die ihm selbst in seiner Ausbildung vorenthalten worden waren. Plato, Aristoteles, Lukrez, sogar Literatur, Romane, Dichtung der verschiedenen Jahrhunderte. Sein Traum könnte wahr werden. Niemand unterbrach seine Gedanken. Also reflektierte er weiter: die Kälte, die Dunkelheit die meiste Zeit des Jahres. Dagegen die Perspektive, das Dunkel – hier musste er selber lächeln – durch das Licht der Kunst, der Literatur, der Musik zu erhellen. Handschriften, Wiegendrucke, Erstausgaben ...

Doch Immos Gedanken kreisten auch um das, was er hinter sich ließ. Colon, das Kirchenmuseum, seltsame Kinder und Jugendliche, deren Interesse doch gewisse Grenzen hatte. Wie würden seine Vorgesetzten reagieren?

Was er bisher mit den Arktikern erlebt hatte, entsprach nicht im Geringsten den Vorurteilen, die sich über sie hartnäckig hielten. Milan, Victor und Johannes schienen ihm keine weltfremden Spinner zu sein.

Er bat sich ein oder zwei Tage Bedenkzeit aus, da er seine Entscheidung davon abhängig machen wollte, was er in den Speichern zu sehen bekommen würde. Herzlich verabschiedeten sich die drei Arktiker von ihm und wünschten einen schönen Tag und eine geruhsame Nacht.

In Zimmer 104 probierte er die Thermokleidung und die riesigen Stiefel, die ebenfalls exakt passten, an, zog sie aber rasch wieder aus, da die Wärme des Zimmers für sich allein schon ausreichte, jeden Gedanken an Kühle zu vertreiben. Den Nachmittag verbrachte er dösend und grübelnd auf seinem Bett. Vielleicht hat er auch ein wenig geschlafen, als er auf die Uhr schaute. Und er war hungrig, sehr hungrig.

Also verließ er sein Zimmer, wollte wieder die Tür abschließen, lachte über seine Reflexhandlung, schritt die Treppe hinunter und begab sich in einen Raum, den man ihm als Speisesaal angekündigt hatte. Kaum hatte er Platz genommen, als auch schon ein eilfertiger Kellner seine Bestellung aufnahm. Immo wählte ein Abendessen mit Lachs, dazu Weißwein. Immer wieder musste er über seine neue Tätigkeit und die anstehende Entscheidung nachdenken. Ob er genug Zeit haben würde, die Werke, die er würde katalogisieren müssen, auch zu lesen? Stupide Bürokratie – hatte Milan das nicht selbst gesagt?

Der Lachs lenkte ihn von seinen Bedenken ab. Nie zuvor hatte er einen so köstlichen Lachs gegessen. So, genau so, dachte er, muss Lachs schmecken, nicht wie das, was man ihm normalerweise als Lachs servierte und das ihn immer an ein veganes Schweineschnitzel erinnert hatte. Nach dem Essen nahm er vergnügt die Treppe, öffnete die wie immer unverschlossene Zimmertür, warf noch einen Blick auf seine neue Kleidung, bevor er seine Schuhe, die überhaupt nicht in diese Umgebung passten, auszog und unter sein Bett stellte. Er verzichtete auf das Zähneputzen, wusch sich nur das Gesicht, legte dann doch seine Kleider ab und vergrub sich in dem bequemen Bett. Morgen werde ich zusagen, dachte er, schlechtes Wetter, Dunkelheit und Kälte, stupide Arbeit, aber guter Lachs. Es dauerte nur wenige Minuten, bis er in tiefen Schlaf fiel.

# Episode 10:
# INCIPIUNT VITAE NOVAE

*Talita kum – Mädchen steh auf (Markus, 5, 41)*

Maja Forester Li wachte schweißgebadet auf. Sie schaltete das Licht an. Was hatte sie da nur geträumt? Flugapparate groß wie Raumschiffe senkten sich über mehrere Regionen des Süd. Gewaltige Klappen öffneten sich und die Flugapparate saugten alles, was unter ihnen lag, in sich hinein: Bäume, Häuser, Fahrzeuge und Menschen. Es war das verzweifelte Schreien der Menschen, das Maja aus dem Traum und in die Wirklichkeit ihres Hotelzimmers zurückgeschleudert hatte.

Tief atmete sie und versuchte sich zu beruhigen. An Schlaf war nicht mehr zu denken. Was für ein Traum!

Sie nahm ihren Comput und hörte nochmal die Nachricht ihres Chefs: *Gute Arbeit … Meteo Missiles … Regenwald … Falklandinseln … Stützpunkt Nord.*

Sie war es also, die dem Nord mit den Falkland-Inseln einen neuen Militär-Stützpunkt verschaffen sollte. Ein wichtiger Auftrag, keine Frage, ein enormer Vertrauensbeweis ihres Chefs. Sie klappte den Comput zu. Die Aufforstung des Regenwalds, das war doch eine tolle Sache, überlegte sie, Delacroix hatte zugesagt, dass der Nord das in Angriff nehmen würde. Klar, der Nord würde auch davon profitieren, klassische Win-Win-Situation, dachte sie.

Sicher wusste Delacroix, dass durch den Regenwald die Anomalie des Zip-Stroms korrigiert werden könnte, auch davon würde der Nord enorm profitieren!

Szenen, die sie gestern beobachtet hatte, kamen ihr in den Sinn. Die freundlichen, irgendwie lebensfrohen Menschen hier im Süd, ihr nicht zu übersehende Armut.

Der Regenwald, schön und gut, aber hätten es die Menschen des Süd nicht verdient, von dem Deal, den sie da aushandeln würde, etwas mehr zu profitieren, durch ein Programm zur Bekämpfung der Armut beispielsweise?

Sie hätte gerne solche Aspekte in die Verhandlungen mit eingebracht, aber musste sich selbstverständlich an ihre Direktiven halten. Gut, dass Delacroix keine Gedanken lesen kann, dachte sie. Wie ihr Chef, einer der neuen Kandidaten für die CONFEDERATIO, reagieren würde, wenn er erführe, dass sie seine Vorgaben am liebsten eigenmächtig abgewandelt hätte, konnte sie sich lebhaft vorstellen. Delacroix, das war ihr klar, war nicht nur Vertreter des Systems, er war das System.

Maja griff nach der Wasserflasche an ihrem Bett und trank begierig. Es war kurz vor vier.

Die Gedanken gingen ihr nicht mehr aus dem Kopf. Sie schaltete das Licht aus und verharrte einige Augenblicke regungslos. Dann fasste sie einen Entschluss und versuchte sich auf Schlaf zu programmieren.

Es war kurz vor sieben, als sie verwirrt und schlaftrunken aufwachte. Hatte sie tatsächlich wieder geschlafen?

Ihre Studenten würden das Frühstück wie jeden Morgen gegen acht Uhr einnehmen. Heute, ja ab heute würde sie mehr bei ihnen sein, das ließ sich nicht vermeiden, eine Verhandlungspause würde ihr aber vielleicht auch guttun. Das Duschen und Ankleiden erledigte sie wie in Trance, verzichtete auf Make-up. Dann legte sie sich wieder auf ihr Bett, nahm ihr Mobiltelefon und diktierte eine Nachricht an Ganzór:

*Habe meinen Chef kontaktiert, warte auf Antwort, bitte um Verschiebung unseres Termins auf die Abendstunden.*

Es dauerte nur wenige Minuten, bis die Antwort eintraf:

*Kein Problem, schlage 18:00 Uhr in meinem Büro vor.*

Maja bestätigte. Sie schaltete den TV-Screen ein, der nicht ganz so groß war, wie sie das aus dem Nord gewöhnt war, zappte ein wenig und stoppte bei den *Noticias*. Es freute sie zu erkennen, dass ihr Spanisch es ihr mittlerweile wieder ermöglichte, bis auf wenige Ausnahmen alles zu verstehen, was dort zu sehen und zu hören war: Ein Einspieler zeigte eine Fabrik für Kinderspielzeug, ein anderer eine Versammlung von Gastronomen, die sich über stark gestiegene Einkaufspreise beklagten.

Es fiel Maja auf, dass selbst bei kontroversen Themen oder kritischen Bemerkungen der

Gastronomen oder auch der Bauern niemand schrie, mit den Fäusten drohte oder beleidigende Äußerungen machte.

Dann folgte die Wettervorhersage für Brasília und Argentinia: Wieder kein Regen, Temperatur in den 40ern wie in den Tagen zuvor. Das Wochenende verhieß allerdings regnerisch zu werden, was die Kommentatoren mit fröhlichem Lächeln quittierten.

Maja verließ ihr Zimmer. Im Flur versuchte sie, Lebenszeichen ihrer Studenten zu hören, aber es war vermutlich noch zu früh. Sie nahmen den Aufzug, kam an der lächelnden Rezeptionistin vorbei und grüßte ebenfalls mit einem freundlichen Lächeln. Sie war die erste im Frühstücksraum, nahm aber an dem großen Tisch, der offensichtlich für ihre Gruppe gedeckt war, Platz. Auch hier wieder eine nett lächelnde Kellnerin, die sie fragte, ob sie schon frühstücken wolle. Maja erklärte ihr, sie wolle auf ihre Gruppe warten, nehme aber gern schon einen Kaffee.

Die Nachricht von ihren Studenten hatte sie doch mehr irritiert, als sie sich eingestehen wollte: Lassen Sie uns teilhaben ...

Das Erstaunen in den Gesichtern der beiden Studenten war nicht zu übersehen, als sie ihre Dozentin sahen. Maja Forester Li bat die beiden, Platz zu nehmen. Dann sagte sie: „Ihr habt völlig recht. Ich habe mich zu wenig um euch gekümmert. Aber lasst uns warten, bis alle da sind."

Die beiden nickten und Maja glaubte ihnen eine gewisse Skepsis ansehen zu können. Die Kellnerin brachte einen Kaffee und einen Tee, da sie offensichtlich die Gewohnheiten der jungen Leute bereits kannte.

Nun kamen auch die anderen vier Studenten, schauten ebenfalls verblüfft, als sie Forester Li sahen, grüßten und nahmen Platz.

„Jetzt, wo wir alle zusammen sind, möchte ich die Gelegenheit nutzen, mich bei euch zu entschuldigen. Natürlich hätte ich Zeit mit euch verbringen müssen, aber ich habe auch Gespräche mit den hiesigen Behörden zu führen. Da geht es um weitere Kontakte zwischen Nord und Süd, neue Vereinbarungen und einiges mehr. Auch heute Abend muss ich wieder zu einem Treffen. Aber das wird hoffentlich der letzte offizielle Termin sein. Ab heute machen wir mehr gemeinsam!"

Sie wartete auf eine Reaktion.

Es dauerte eine Weile, bis einer der Studenten, von dem sie vermutete, dass es sich um John Eliot handelte, das Schweigen brach: „Wir haben Ihnen eine Nachricht geschickt, weil wir gern mit Ihnen zusammenarbeiten und viel von Ihnen lernen wollen. Deshalb freuen wir uns, dass Sie ab jetzt bei uns sein können."

Forester Li war erfreut darüber, dass nun eine neue Phase der Reise beginnen konnte. Am Abend würde sie mit Ganzór alles klären. Das müsste doch zu schaffen sein!

„Vielleicht", sagte sie ruhig, „könnt ihr mir ja als Einstieg etwas von dieser kleinen Stadt zeigen." Es war wieder John Eliot, der so etwas wie der Sprecher der Gruppe zu sein schien: „Sehr gern. Wir waren in einigen Bezirken von Comodidad und haben ein paar interessante Entdeckungen gemacht."

Nun nahmen auch die anderen teil. Sie erzählten, dass man sie überall wohlwollend und voller Achtung behandelt habe, dass man ihnen Getränke angeboten habe, dass man sie in ihre Häuser geführt haben. Und sie seien in einer aktiven Kirche gewesen.

Dr. Forester Li lächelte, weil sie den Ausdruck „aktive Kirche" bemerkenswert fand. Nun bat sie ihre Studenten erneut um Verzeihung, und zwar dafür, dass sie immer noch Schwierigkeiten mit ihren Namen habe, aber ihre wichtigen Aufgaben hätten es ihr bis jetzt nicht erlaubt, sich intensiv um sie zu kümmern.

Wie auf ein geheimes Kommando stellten sie sich der Reihe nach vor: die schwarzhaarige Sofia, der blonde Henk, die etwas schüchterne Francesca, der breitschultrige Thomas und der stets lächelnde Ivo. John Eliot wartete bis zuletzt und außer seinem Namen sagte er noch, dass sie ja wisse, dass er die Nachricht verfasst habe.

Maja bedankte sich. Schweigend nahmen alle ihr Frühstück ein. Dann schlug Sofia vor, ihrer Dozentin einige Teile der Stadt zu zeigen.

Es war schon sehr warm, als sie gemeinsam das Hotel verließen. Maja wunderte sich, dass Fred, ihr

Sicherheitsbeamter, noch nicht erschienen war. Auf ihre Frage, wo er denn sei, lachten alle und einige signalisierten mit einer eindeutigen Handbewegung, dass er möglicherweise den Abend oder sogar die Nacht wieder im Club Tropical in der Oberstadt mit reichlich Alkohol verbracht hatte.

„Und an den Tagen zuvor", wollte Maja wissen, „hat er nicht ständig auf euch ..."

„Wir eher auf ihn!", rief Francesca. „Vor drei Tagen haben wir ihn in sein Zimmer schleppen müssen. Oh, sorry. Kriegt er jetzt Ärger, Frau Forester Li?"

Maja schüttelte nur den Kopf und beruhigte ihre Leute: „Es hat doch seine Vorteile, ohne Aufpasser Erfahrungen und Erkundungen zu machen, oder?" Keiner ihrer Studenten sagte etwas dazu. Vermutlich fragten sie sich, ob das eine Falle oder ein Versprecher war.

Sofia ging voraus. Nach wenigen Minuten kamen sie an eine sehr belebte Straße, es stank, denn die meisten Autos und Busse fuhren offenbar noch mit Benzin oder Diesel. Viele kleine Läden hatten schon geöffnet und die Ladenbesitzer hatte ihre Ware vor den Läden aufgebaut. Schuhe, Stiefel, Sandalen fanden ihren Platz. Der Gemüsehändler hatte die Markise heruntergelassen und stellte Kiste um Kiste mit buntem Gemüse auf die schräge Metallvorrichtung vor seinem Laden. Dabei pfiff er vor sich hin.

Majas Blick fiel auf einen Laden, über dessen Eingangstür in altmodischen Lettern LIBRERÍA zu lesen war. Eine Buchhandlung! Dass es so etwas hier noch gab! Hatte sie jemals eine Buchhandlung betreten? Hatte sie je ein echtes Buch in Händen gehabt und drin gelesen? Sie erinnerte sich an digitale Lernpakete, die sie schon als Elementarschülerin zu bearbeiten hatte. Aber sie erinnerte sich auch an ein merkwürdig knisterndes, raschelndes Etwas, das ihr Großvater in einer Vitrine aufbewahrte. Es waren einzelne Zeilen, viele davon, mit Worten, die sich reimten. Herz und Schmerz, Wonne und Sonne. Das war ihr erster und letzter Kontakt mit dem, was man Buch nannte. Und hier? So viele Bücher mit ungewöhnlichen Bildern auf der Vorderseite, Namen, die sie nie gehört hatte, Titel, die klangen wie Meeresrauschen oder Gewitter.

Gern wäre sie noch geblieben, vielleicht hätte sie sogar den Laden betreten, aber ihre Studenten waren schon weitergegangen. Sie holte sie ein.

Nun kamen sie an einen von Palmen umsäumten Platz, in dessen Mitte sich eine Statue befand. Henk und Ivo traten an die Inschrift auf dem Sockel heran und übersetzten das altertümliche Spanisch:

> *Manuel José de Bahia,*
> *Bewahrer des Süd.*
> *Gestorben in den Wirren*
> *der äquatorianischen Teilung.*

Nie zuvor hatte Maja diesen Namen gehört. Es war Henk, der sie ansprach: „Frau Forester Li, wir haben gestern in einem Café gefragt, wer dieser de Bahia war, und man hat uns ein paar interessante Details verraten."

„Und wir haben keinen Grund, an der Wahrhaftigkeit des Gehörten zu zweifeln", warf Ivo ein. Maja erinnerte sich, dass sich Ivo auch in ihren Seminaren oft sehr gewählt ausdrückte: Wahrhaftigkeit des Gehörten ...

Sie fragte: „Und was hat man euch erzählt?" Ihre Studenten schauten sich an, dann begann Thomas: „Es muss wohl harte Kämpfe an der Grenze zwischen Brasilio und Brasília gegeben haben. Der kleine Nordteil des riesigen Brasília wollte zum Süd gehören, weil es eben nur ein kleiner Teil des Landes ist und die Menschen sich dem Rest Brasílias zugehörig fühlten."

„Also wurde gekämpft", ergänzte Henk, „hart gekämpft. Der Süd mit altmodischen, untauglichen Waffen, der Nord mit Hightech. Es ist doch klar, dass der Süd nicht die geringste Chance hatte. Der Nord bestand nach dem raschen Sieg darauf, dass jeder Millimeter nördlich des Äquators auch wirklich dem Nord zugeschlagen würde. Und wir, also der Nord ... , der Nord ..."

Ivo übernahm: „Ja, der Nord ließ keinen Zweifel daran, dass man willens und in der Lage war, den renegaten Teil Brasilias zu befrieden. Nukes wurden in Stellung gebracht, die ROVER-Dichte erhöht und so wurde dieser Teil Brasilias zu Brasilio."

„Das weiß ich alles", sagte die Dozentin, „das war eine wichtige Grundsatzfrage damals. Aber welche Rolle hat denn dieser Herr auf dem Sockel dabei gespielt? An den Namen kann ich mich nicht erinnern." Thomas übernahm: „Der Pater in der aktiven Kirche, die wir gleich besichtigen werden, hat uns gesagt, dass dieser de Bahia es bis zuletzt gewagt hatte, Widerstand zu leisten. Er und seine Partisanen hätten zahlreiche ROVER zerstört. Es hat sich ja um die erste Generation der ROVER gehandelt, diese KELVIN-ROVER seien, so hat er sich ausgedrückt, leicht zu knacken gewesen. Bei unseren heutigen ROVERN hätten sie absolut nichts ausrichten können. Und so wurde de Bahia bei einem der Sabotageakte durch Stromstöße eliminiert." „Und wird bis heute als Volksheld verehrt, wie uns der Pater versicherte", ergänzte Sofia.

„Ihr habt also offensichtlich ein längeres Gespräch mit diesem ... Pater geführt", wollte Maja wissen. Die Studenten bestätigten dies und verrieten ihr, dass sie auch heute kurz vor Mittag wieder mit ihm verabredet seien.

„Sie gehen doch mit uns?", fragte Sofia. Gehen? Maja wunderte sich, dass ihre Studenten offensichtlich Spaß daran gefunden hatten, zu Fuß zu gehen. Sie selber hatte schon genug und hätte lieber ein Taxi gerufen. Und besondere Lust, ihre Zeit mit einem Mann zu verbringen, der noch an Gott glaubte, hatte sie auch nicht. Da es ihr aber geboten erschien, sich einen Eindruck zu verschaffen, zu welchen Typen ihre Studenten Kontakte knüpften, sagte sie: „Aber klar, natürlich komme ich mit!"

Sie versuchte, sich eine „aktive Kirche" vorzustellen. In irgendeinem historischen Film hatte sie einmal Kirchglocken läuten hören. Hatte gut geklungen. Ob sie heute echtes Glockengeläut zu hören bekommen würde?

Da es anscheinend noch zu früh war, den Pater zu treffen, führten die Studenten Dr. Forester Li durch ein Viertel, das wohl zum ärmeren Teil der Stadt gehörte. Im ganzen Nord gab es nicht eine Gegend, die dieser auch nur annähernd glich. Heruntergekommene Gestalten, Kinder, die im Schmutz spielten, Frauen, die sie mit zahnlosen Mündern anlächelten, streunende Hunde. Und ein paar junge Leute spielten Gitarre und sangen dazu. Wie die sich nur wohl fühlen können in all dem Schmutz und Verfall, dachte Forester Li, fehlt nur noch, dass wir von einer Horde Bettler angegangen werden.

Aber niemand bettelte. Und als sie die musizierenden Jugendlichen hinter sich gelassen hatten, spürte sie, wie sie sich verkrampfte, wie ihre Kehle trocken wurde. Ihre Idee, bei den Verhandlungen ein Programm zur Armutsbekämpfung einzubringen, kam ihr in den Sinn.

Dafür habe ich kein Mandat, rief sie sich zur Ordnung, nur schnell raus aus diesem Elendsviertel! Ihre Studenten plauderten währenddessen wie immer, winkten hier und da Kindern zu, suchten nach Szenen, die sie auf Video aufnehmen konnten. Was ist nur mit diesen jungen Leuten los, dachte Maja, lassen sie sich nichts anmerken? Kommt ihnen das alles wie ein Film vor? Interessant irgendwie, aber doch zu weit weg von ihrem Leben, um sie zu berühren?

Nun ging es über eine lange Treppe in ein anderes Viertel. Blumen und seltsame Pflanzen überall. In den Blumenbeeten, aber auch zwischen den Gehwegplatten und am Straßenrand spross allerlei Grünzeugs aus jeder Ritze. Das ungewohnte Gehen strengte Maja an, hinderte sie daran, die Pflanzen in Ruhe zu betrachten und sie, wie sie es gelernt hatte, zu analysieren, zu bestimmen, ihren Nutzen abzuschätzen.

Oben angekommen, nun völlig außer Atem, blieb sie kurz stehen und ließ ihren Blick über den großen Platz schweifen, der sich vor ihr öffnete. Ganz andere Geschäfte waren zu sehen, Läden mit teuren Objekten, Uhren, Mode. Welch ein krasser Widerspruch. Und mittendrin ein Straßenmusiker, der so professionell Gitarre spielte, dass er nicht wenige Zuhörer um sich versammelte. Die Musik klang fantastisch. Maja wunderte sich, dass die Melodien sie so sehr faszinierten.

Vor einem schicken Café saßen rauchende, diskutierende Menschen, meist Männer. Und sie waren gut gekleidet. Das Rauchen irritierte sie. Niemand in ihrem Umkreis würde jemals rauchen, überhaupt kannte sie niemanden, der diesem überwundenen Laster frönte. War zum Glück verboten im Nord, ob es überhaupt irgendeine Möglichkeit gab, sich legal oder illegal Tabakwaren zu beschaffen, wusste sie nicht.

Drei Männer stiegen aus einem Taxi, das wie alle Taxis hier noch einen Fahrer hatte. Business People, ging Maja durch den Kopf, Leute mit Geschmack, die wissen, wie man sich kleidet. Und das im Süd. Nachdem sie sich von der Mühe des Treppensteigens ein wenig erholt hatte, beschleunigte sie ihren Schritt und erreichte nicht ohne Mühe ihre Studenten, denen die ungewohnte Anstrengung offensichtlich auch zugesetzt hatte.

„Ich lade euch auf ein Getränk ein", sagte Maja, was ihrer trockenen Kehle und ihrem Mangel an Kondition geschuldet war, „wenn das noch passt, bevor wir euren heiligen Mann treffen."

Die Gruppe nahm ihr Angebot gerne an. Tische wurden zusammengerückt, alle nahmen Platz. Und wieder ein lächelnder, freundlicher Kellner. Maja bestellte Mineralwasser und Kaffee, die Studenten Coca-Cola, eigentlich nur deswegen, weil sie wissen wollten, ob es hier das echte Coca-Cola gab.

Einen Augenblick lang herrschte Schweigen. Kein Gespräch störte Majas Gedankenfluss. Sie saß da, trank ihren Kaffee und schaute. Einfach nur schauen, das war etwas, wozu sie viel zu selten kam.

„Entschuldigen Sie, gnädige Frau, dass ich Sie anspreche", kam von einem älteren Herrn am Nebentisch, dessen Spanisch verriet, dass er sein Leben im Englisch sprechenden Nord verbracht hatte, „aber, was auch immer Sie hier im Süd zu tun haben, Sie sollten auch mit uns sprechen. Ja, Sie vermuten richtig: Ich bin ein Altmensch – jedenfalls nennt ihr Nordler uns so – stimmt ja auch, wir sind alt."

Er machte eine Pause, dann fuhr er fort: „Thomas G. Henderson ist mein Name, ich war Head of Research bei Tomahawk Inc. in Genf. Meinen Ruhestand muss ich hier verbringen, Sie wissen ja, wie das geht: Die Kommission beschließt, Einspruch nicht möglich – und schon haben sie dich in so ein Kaff verbannt. Hat sich erst schrecklich angefühlt, aber inzwischen, wissen Sie, lieben meine Altmenschen-Freunde hier und auch ich das Leben im Süd. Wir haben hier eine Aufgabe. Wir tun manches, um unser Wissen und unsere Erfahrung mit den Menschen zu teilen. Eine gute Sache, die meisten sind sehr dankbar und freundlich und wir gehen nicht vor lauter Langeweile ein."

Nach einer weiteren Pause sagte er: „Menetekel, gnädige Frau, Menetekel. The writing on the wall! Wie das Assyrerreich, das Perserreich, das Imperium Romanum und so weiter zugrunde gegangen sind, wird es auch dem Nord ergehen. Und zwar bald. Alles hat seine Zeit, das Wachsen und das Vergehen. Ich wünsche Ihnen ein gutes Leben!" Mit diesen Worten verbeugte er sich, blickte Maja in die Augen und zog sich an seinen Tisch zurück.

Maja war irritiert. Sprachlos. Dieses Altmenschen-Programm kannte sie natürlich, hatte aber nie weiter darüber nachgedacht. Sie trank nervös ihren Kaffee aus. Was hatte ihr der Mann mit seinen seltsamen Redewendungen nur sagen wollen? Dass der Nord untergehen würde, schon bald? Lächerlich! Der komische Alte sollte mal an ihren Verhandlungen teilnehmen, dann wüsste er, wie fest der Nord im Sattel sitzt, dachte sie.

Als die Rechnung kam, wunderte sie sich, dass all die Getränke nicht mehr als 4,80 Süd-Escudos kosteten, nicht einmal zwei Norddollar.

Es waren nur noch wenige Schritte, nachdem sie den Platz verlassen hatten, und sie standen vor einer Kirche. Ivo, Henk und Francesca stürmten sofort auf das Eingangsportal zu, hielten die Tür auf, verbeugten sich scherzhaft und baten den Rest der Gruppe einzutreten.

Thomas zeigte an die Decke und Maja folgte mit den Augen. Ein monumentales, perspektivisch faszinierendes Gemälde befand sich zentral an der von Stützpfeilern gehaltenen Kirchendecke. Maja schaute. Helle Wolken, seltsame kleine Wesen, wie Kinder, nackt, im Zentrum eine schöne Männergestalt, einen blauen Umhang über der rechten Schulter. Sie konnte sich nur schwer von diesem Anblick lösen. Doch dann nahm sie eine ruhige, dunkle Stimme wahr, sah einen grauhaarigen, sehr alten Mann, der auf die Gruppe zukam.

„Willkommen, ihr Lieben. Ich sehe, ihr habt noch jemanden mitgebracht, der gestern nicht dabei war. Das ist wohl eure Dozentin, von der ihr gesprochen hattet", sagte er und reichte Maja die Hand. Dann sagte er: „Die jungen Leute wollen sicher noch all die Bilder und Fresken in Ruhe betrachten. Kommen Sie, wir gehen ins Pfarrhaus. Dort können wir uns in aller Ruhe unterhalten."

Maja war es nicht gewohnt, der Einladung eines Fremden zu folgen, aber wie sonst hätte sie herausbekommen können, was das für ein Mann war, der ihre Studenten offensichtlich sehr beeindruckt hatte.

Im Pfarrhaus wurde sie gebeten, an einem recht instabilen Tisch Platz zu nehmen. Ohne zu fragen, schenkte der Pater ihr und sich selbst ein Glas Rotwein ein. „Etwas Besseres kann ich Ihnen leider nicht bieten, aber Sie werden sehen, der Wein ist gut. Einfach, aber gut." Dann hob er sein Glas und Maja tat es ihm gleich. Tatsächlich schmeckte der Wein ausgezeichnet. Nicht zu viel trinken, klaren Kopf bewahren, nahm sich Maja vor. Ein Mann, der an einen Gott glaubt, Märchengestalten an den Wänden, hier und da eine bunt bemalte Statue eines bärtigen Mannes – in was war sie hier hineingeraten?

Der Pater schien ihre Gedanken zu erahnen: „Das ist sicher alles sehr merkwürdig für Sie. Ich weiß, wie es im Nord zugeht. Ich möchte Ihnen nicht zu nahetreten, aber haben Sie sich schon einmal Gedanken darüber gemacht, wie leer das Leben im Nord im Grunde ist? Alles ist vorhanden, man hält euch mehr oder weniger gesund bis ins hohe

Alter, doch dann entsorgt ihr die alten Menschen und Leute wie ich kümmern sich um eure abgeschobenen Alten. Allein das Wort, das ihr dafür benutzt, Ausschaffung der Altmenschen! Und die Behinderten kommen noch dazu. Darf ich Ihren Namen erfahren? Ich bin Pater Guillermo."

„Forester Li, Maja Forester Li."

Aha, dachte Maja, hätte ich mir auch denken können, erst lächelt dieser Alte freundlich und dann muss ich mir seine Anti-Nord-Propaganda anhören.

„Sehen Sie, Maja, es fehlt bei uns an Vielem. Unser Gesundheitssystem, wenn man es überhaupt so nennen darf, ist marode. Die Lebenserwartung ist viel geringer als bei euch. Vieles könnte ich noch nennen, aber bedenken Sie eins: Was ihr für Verteidigung, Abwehr von Eindringlingen, Überwachung und Kontrolle an finanziellen Mitteln aufwendet, das entfällt hier bei uns. Natürlich haben wir Kriminelle, Aussteiger, Drogenabhängige, aber wir tun, was wir können, um das größte Leid zu lindern. Genug davon! Erzählen Sie etwas über sich. Bitte."

Wenn ihr tut, was ihr könnt und es trotzdem nicht hinbekommt, Armut, Dreck und Krankheiten wirkungsvoll zu bekämpfen, dann läuft bei euch halt was gewaltig schief, ging Maja durch den Kopf. Aber warum sollte sie sich auf eine Grundsatzdiskussion mit diesem Alten, den sie nie wiedersehen würde, einlassen? Etwas von sich zu erzählen, erschien ihr besser. Aber was? Dass sie im Auftrag ihrer Regierung seinen Landsleuten die Abtretung einiger Inseln schmackhaft machen sollte?

Geduldig wartete Pater Guillermo, nahm noch einen Schluck seines Weins und schaute Maja fragend an, die sich entschied, die Flucht nach vorne anzutreten:

„Herr Guillermo, ich will offen zu Ihnen sein. Der Grund, warum ich mit meinen Studenten den Süd aufsuche, sind Verhandlungen. Verhandlungen über Rohstoffe, Aufforstungsprogramme und solche Dinge. Sie werden verstehen, dass ich mehr nicht sagen darf. Und ich gestehe freimütig, dass ich mit ihren bunten Kirchenbildern nicht viel anfangen kann. Glocken hätte ich gerne gehört, die habe ich mal in einem alten Film ..."

Heftiges Klopfen an der Tür des Pfarrhauses unterbrach das Gespräch. Maja kam diese Unterbrechung gerade recht.

Der Pater erhob sich mühsam, schritt langsam zur Tür und bat die Studenten herein. Maja schaute sich um, sah, dass für so viele Leute keine Sitzgelegenheiten vorhanden waren, erhob sich und sagte: „Ich glaube, es ist Zeit zurückzugehen." Im Namen der Gruppe dankte sie Pater Guillermo für die Gastfreundschaft, reichte ihm die Hand und verließ als erste das Pfarrhaus.

Die Studenten schienen über den abrupten Abschied irritiert, folgten ihr aber wortlos. Wieder gingen sie über den großen Platz, auf dem jetzt noch mehr Südler die Cafés bevölkerten, Kaffee tranken und rauchten. Und an zwei Tischen saßen Menschen, die ein Buch vor sich liegen hatten. Erstaunlich, die schienen tatsächlich zu lesen.

Dann stiegen sie über die lange Treppe hinunter, ließen die Statue des Freiheitskämpfers hinter sich, eilten durch das Armenviertel und gelangten zum Hotel.

Maja erinnerte die Studenten daran, dass sie noch einen letzten offiziellen Termin am Abend wahrnehmen müsse, für den sie sich noch ein wenig vorzubereiten habe. Sie wünschte den jungen Leuten noch einen angenehmen Tag und anregende Entdeckungen. Dann zog sie sich in ihr Zimmer zurück. Obwohl sie ein wenig Hunger verspürte, war sie zu aufgeregt, um im Hotelrestaurant ein Mittagessen zu sich zu nehmen. Daher legte sie ihre leichte Sommerjacke ab und bestellte an der Rezeption einen kleinen Imbiss auf ihr Zimmer.

Sie setzte sich auf ihr Bett und lehnte ihren Rücken bequem an die Rückseite des Bettes. Seltsam, dachte sie, kaum bewege ich mich mal außerhalb des Regierungsgebäudes, treffe ich auf Menschen, die mich mehr oder weniger direkt mit Anti-Nord-Propaganda eindecken: dieser merkwürdige Alte, der Pater und der Taxifahrer. Sehr verschiedene Typen, klar, aber direkt drei Vertreter des Süd, die kein Blatt vor den Mund nehmen und ohne Umschweife zum Thema kommen: Dass der Süd so eine Art Paradies ist, ein Paradies mit kleinen Fehlern, aber doch ein Paradies. Das kann kein Zufall sein, überlegte sie, was wird hier gespielt? Ein Versuch von Regierungskreisen des Süd, sie zu überzeugen? Nein, dann wäre die Sache wirklich allzu plump eingefädelt. Nur Dilettanten könnten auf die Idee kommen, jemand wie sie würde auf so etwas reinfallen. Aber wer dann? War das eine Art Überprüfung, womöglich von den eigenen Leuten? Sollte es sich bei den Leuten, die so freundlich und offen taten, um Agenten handeln, die sie provozieren wollten? Aber warum? Die Regierung hatte sie doch wieder und wieder überprüft, nie hätten sie jemanden in einer so heiklen Mission in den Süd gelassen, dem sie nicht vertrauten. Im Gegenteil, ging ihr durch den Kopf, hatte Delacroix nicht ihr gegenüber angedeutet, sie könne mit einer Beförderung rechnen? „Wenn Sie diesen Auftrag erledigt haben", hatte er gesagt, „werden wir sehen, welche Verwendung wir für Sie haben."

Aber Moment mal, kann das sein? Sie stand auf und ging aufgeregt im Zimmer umher. Welche Verwendung wir für Sie haben – wie hatte sie nur so naiv sein können, bei diesem Satz nur an eine Beförderung zu denken! Ehrgeiz benebelt die Sinne, dachte sie. Sie konnte sich zwar nicht vorstellen, warum, aber je länger sie die Sache hin- und herwälzte, desto sicherer war sie sich, dass da etwas gegen sie im Gange war. Was tun? Bei einem undurchsichtigen Gegner, so hatte sie es in einer ihrer Schulungen gelernt, nicht abwarten und zögern, sondern zum Angriff übergehen, die Initiative übernehmen und die fragliche Person durchleuchten. Und wenn es sich herausstellen sollte, dass die drei Typen, die sie kennengelernt hatte, harmlose Südler waren, wenn alles doch Zufall sein sollte, dann um so besser …

Aber wie? Den Altmenschen würde sie kaum irgendwo auftreiben können. Sich stundenlang in das Café zu setzen und zu warten, ob er irgendwann dort nochmal aufkreuzen würde, schien ihr zu auffällig. Den Pater würde sie vielleicht finden, ohne ihre Studenten ins Vertrauen zu ziehen, vielleicht, einfach würde es nicht werden. Sie beschloss, die Sache aufzuschieben und wollte ein wenig ihr Zimmer aufräumen. Auf einem Stuhl neben dem Bett lag ihr Expeditionsoutfit, eine grüne Jacke mit zahlreichen Taschen. Der Südler, der sie in Miami angesprochen hatte, fiel ihr ein. In der Jacke musste doch seine Visitenkarte stecken. Sie griff nach der grünen Jacke und nestelte in den oberen Taschen. Sofort fand sie, wonach sie gesucht hatte, nahm die Visitenkarte dieses für ihren Geschmack etwas aufdringlichen Gonzalez, überflog die Kontaktdaten und drehte sie um. Die Rückseite enthielt ein paar handschriftlich geschriebene Zeilen. Interessiert hielt sie die Karte etwas höher und versuchte, die Zeilen zu entziffern, was ihr schwerfiel. Lesen konnte sie so halbwegs, aber Handschrift? Sie konnte sich nicht erinnern, wann sie das letzte Mal etwas mit der Hand Geschriebenes vor Augen gehabt hatte. Zum allem Überfluss zeigte sich bald, dass es sich nicht um einen spanischen Text handelte, sondern um etwas Portugiesisches, dessen Sinn sie mehr erahnte als verstand:

> *Aguardo, equanime, o que nao conheco –*
> *Meo futuro e o de tudo.*
> *No fim tudo sera silencio, salvo*
> *onde o mar banhar nada.*

Sie versuchte zu übersetzen: Ich betrachte, gleichmütig, das, was ich nicht kenne, meine Zukunft und – hier stockte sie – alles? Also weiter: Am Ende wird alles Schweigen sein, außer, wo das Meer das Nichts badet? Nein, umspült.

Sie dachte über die Zeilen nach. Gleichmütig die Zukunft betrachten. Wer ist oder war dieser Pessoa, dessen Name unter den Versen stand? Am Ende wird alles Stille sein, Schweigen ...

Die Schönheit dieser Worte beeindruckte sie. Da die Worte handschriftlich eingetragen waren, vermutete sie, dass dieser Gonzalez auf allen seinen Visitenkarten Gedichte oder Sinnsprüche dieser Art unterbrachte. Oder handelte es sich um eine Botschaft speziell für sie? Es gab nur eine Möglichkeit, dies herauszufinden: Sie musste ihn kontaktieren.

Es klopfte an ihrer Zimmertür und ein Kellner brachte ihr zwei Sandwiches und Wasser. Sie grübelte eine Weile und aß die Brote. Satellitenmail? Oder einfach MessagePro? Sie entschied sich für eine kurze Nachricht:

*Hallo, Herr Gonzalez, vielleicht erinnern Sie sich an mich. Sie gaben mir in Miami Ihre Visitenkarte. Habe den Text dieses Pessoa gelesen. Passt zu meiner augenblicklichen Situation. Wer war Pessoa? Würde mich über eine Antwort freuen.*
*Dr. M. Forester Li*

Sie überlegte, ob sie den Doktor weglassen sollte, entschied dann aber, dass es besser sei, keine Vertraulichkeit aufkommen zu lassen.

Noch einmal nahm sie die portugiesischen Verse in die Hand, las sie erneut und schüttelte den Kopf. Was mache ich hier? Was soll das alles? In was bin ich da hineingeraten? Maja legte sich aufs Bett, schloss die Augen und versuchte zu meditieren. Ich und meditieren! Ich und meditieren! Worüber? Wozu?

Sie war über diese Gedanken eingeschlafen. Als sie erwachte, war es kurz vor fünf. Ob Ganzór ihr wieder den gleichen Taxifahrer schicken würde, so ganz zufällig? Sie beschloss, das zu verhindern, griff zu dem altmodischen Telefonhörer an ihrem Bett und bat den Rezeptionisten, ihr ein Taxi für 17:30 Uhr zu bestellen.

Nun las sie die Zeilen laut im portugiesischen Original. Dabei versuchte sie, die für Spanisch sprechende Menschen seltsame Aussprache nachzuahmen. Die Verse hämmerten sich in ihr Gehirn.

Was sollte sie nur diesem Ganzór sagen? Sie hatte mehrere Varianten in ihrem Kopf durchgespielt, aber als sie sich fertig machen musste, das Hotel zu verlassen, hatte sie sich immer noch nicht entschieden. Statt dessen ertönte ein lautes Ping. Eine Satellitenmail. Sie drückte auf den Knopf und hörte die Stimme ihres Freundes Simon:

*„Liebe Maja, keine Nachricht von Dir. Ich vermute, dass Du da unten Netzprobleme hast, aber die SatMail sollte eigentlich überall funktionieren. Muss ich mir Sorgen machen? Bitte schick mir ein Lebenszeichen. Wenn Du zurückkommst, wartet eine schöne Überraschung auf Dich. Eigentlich wollte ich es nicht verraten, aber ich halte es nicht aus: Es ist mir gelungen, ein Gemälde von Monet, das war ein französischer Maler, zu ergattern. Wird Dir gefallen, sind viele Seerosen drauf zu sehen. Es soll in unserem gemeinsamen Haus hängen. Ja, ich habe mich schon nach Häusern für uns umgesehen. Ich kann es kaum erwarten, Dich wiederzusehen, Dein Simon."*

Sie verschob die Nachricht ins Archiv und verließ ihr Zimmer, versicherte sich an der Rezeption noch einmal, dass ihr Taxi bestellt worden sei, bedankte sich und trat vor das Hotel.

Wie sie befürchtet hatte, stand tatsächlich der gleiche Taxifahrer bereit, als ob es im ganzen Ort nur dieses eine Taxi gäbe. Er winkte hektisch, und als er sah, dass Maja auf ein anderes Taxi zuging, hupte er mehrmals und schrie etwas Unverständliches. Maja lächelte und stieg in das andere Taxi ein.

Sie gab ihr Ziel an, der Fahrer nickte und fuhr schweigend bis vor die Eingangspforte der Rohstoffbehörde. Der Preis der immerhin zehn bis fünfzehnminütigen Taxifahrt erschien ihr sehr niedrig. Sie stieg aus, trat in die Behörde ein und wartete, bis ein Mitarbeiter ihres Gesprächspartners sie abholte.

Ganzór lächelte ihr freundlich zu, bat sie Platz zu nehmen, fragte sie, ob sie sich die Stadt angesehen habe, ob es etwas gebe, was sie besonders beeindruckt habe. Maja schien es besser, den Altmenschen und den Pater nicht zu erwähnen und erzählte ganz allgemein ein wenig von der Freundlichkeit der Leute. Ganzór nickte zufrieden und schwieg. Ein wenig zu selbstzufrieden, dachte Maja und fügte hinzu: „Die Armut, das Elend, das ich auf meinem Rundgang gesehen habe, hat mich allerdings schon betroffen gemacht, wenn ich ehrlich sein soll."

„Da sind Sie halt ins falsche Viertel geraten", sagte Ganzór leichthin.

„Halten Sie die Lebenssituation dieser Menschen nicht für ein ernsthaftes Problem?", fragte Maja gereizt.

„Doch, schon, verstehen Sie mich nicht falsch, es sind ja auch schon einige Programme gemacht worden, hat aber nicht viel geholfen. Die kennen es halt nicht anders."

„Glauben Sie, diese Menschen hätten nichts anderes verdient?"

Ganzórs Gesichtsausdruck änderte sich merklich. Sie schien einen wunden Punkt getroffen zu haben.

„Sie sind hier im Rohstoffministerium", sagte er, „für soziale Belange ist eine Kollegin zuständig, ich möchte Sie bitten, beim Thema zu bleiben."

„Aber wir sind mitten in unserem Thema! Mein Chef hat mich nämlich gestern beauftragt, Ihnen zusätzlich zum Regenwald-Programm ein Programm zur Armutsbekämpfung vorzuschlagen, um die Verhandlungen zu einem raschen Abschluss zu bringen."

„Eine gute Idee, sicherlich. Aber wir hier im Rohstoffministerium, für das ich spreche, sind an dergleichen nicht interessiert. Um es klipp und klar zu sagen: Wenn Sie diese Verhandlungen zu einem Abschluss bringen wollen, dann müssen Sie mir mehr bieten als das, was bislang auf dem Tisch liegt."

Maja sah ihre Felle wegschwimmen. Bei der vorherigen Verhandlungsrunde waren sie sich doch schon fast einig gewesen, so einig, dass ihr Chef meinte, sie solle auch noch die Abtretung der Falkland-Inseln ins Spiel bringen. Ein Programm zur Armutsbekämpfung, das war doch nicht wenig! Was sollte sie Ganzór anbieten?

Armutsbekämpfung interessierte ihn nicht, den

Regenwald hat er auch nicht angesprochen, dachte Maja, auf was will er hinaus? Entweder ist ihm das Schicksal seiner Mitbürger wirklich egal oder er verfolgt Interessen, mit denen er nicht herausrückt. Ob er selbst an Rohstoffgeschäften verdient? Sie beschloss, ihr Gegenüber zu provozieren:

„Woran sind Sie denn interessiert? An einer Erweiterung des Regenwald-Programms vermutlich auch nicht, oder täusche ich mich?"

„Da täuschen Sie sich nicht", antwortete Ganzór, „uns geht es um Rohstoffe, um Geschäfte, wir müssen unsere Einnahmen verbessern, da ist der Hebel, an dem Sie ansetzen müssen."

Das ging Maja gegen den Strich. Als Bio-Ethnologin war ihr klar, wie wichtig der Regenwald war. Mit einem solchen Programm wäre schließlich nicht nur den Interessen des Nord gedient, sondern auch des Süd. Ihren Chef schätzte sie so ein, dass er wohl wirklich nur die Ausbeutung der Rohstoffe im Kopf hatte. Aber sie hatte den Verhandlungsauftrag nur deswegen ohne Zögern übernommen, weil ihr die Aufforstung und Wiederbegrünung des Regenwaldes am Herzen lag.

„Schade", sagte sie, „ich hatte gedacht, wir könnten uns auf Maßnahmen einigen, von denen beide Seiten profitieren werden."

„Nun tun Sie mal nicht so moralisch", gab Ganzór zurück, „Sie können das als Verhandlungsführerin des Nord selbstverständlich nicht sagen, aber jeder weiß doch, wie verlogen und raffgierig euer System ist."

Maja schwieg. Sie hatte ihn offensichtlich aus der Reserve gelockt.

Ganzór schien einen Augenblick lang zu überlegen, bevor er fortfuhr: „Nun, so anders wie Sie da im Nord sind wir wohlhabenden Südler vielleicht auch nicht. Wissen Sie überhaupt, was bei Ihnen abläuft? Was mit den besten Kunstwerken und wertvollsten Bücher wirklich geschieht, die angeblich in den Speichern auf Spitzbergen verschwinden? Da gibt es einen geheimen, wie soll ich sagen, Austausch, so etwas dient als Verhandlungsmasse und irgendwann hängt beispielsweise ein wunderbares Gemälde von Jan Vermeer im Wohnzimmer eines Regierungsvertreters."

Maja hatte verstanden. Dieser Herr Ganzór wollte bestochen werden, wollte sich ganz persönlich bereichern. Sie schwieg.

„Vielleicht tun Sie nur so, vielleicht haben Sie wirklich keine Ahnung. Erst kürzlich ist ein bedeutendes Gemälde von Monet aus einem unserer Museen bei einem Mitglied Ihrer Regierung gelandet. Bei Ihnen im Nord wird der Bevölkerung suggeriert, Kunst, Literatur und Musik seien sinnlos, überflüssig. Ihr habt die Musik durch computergeneriertes Zeugs ersetzt, verkündet eine strikte Trennung von Nord und Süd. Aber da gibt es Villen, in denen Künstler aus dem Süd Konzerte aufführen – nicht nur bei uns, sondern auch im Nord. Glauben Sie keinem, will ich damit sagen, die Leute, die es in die höchsten Ämter geschafft haben, sind überall ähnlich gestrickt."

Ein Zyniker, dachte Maja. Was tun? Sie war hier, um zu verhandeln, und konnte sich ihren Verhandlungspartner nicht aussuchen. Irgendwie musste sie die Sache zum Abschluss bringen.

Sie entschied sich für eine klare Frage: „Was also möchten Sie haben, damit wir das Geschäft mit den Rohstoff-Lizenzen unter Dach und Fach bekommen?"

„Oh!", gab Ganzór zurück. „Mir scheint, Sie haben verstanden. Aber wir sollten eine solche, sagen wir, ein wenig delikate Angelegenheit nicht hier im Büro besprechen. Ich denke, Sie sind damit einverstanden, wenn wir uns morgen zum Essen in meinem Privathaus treffen. Mein Taxifahrer wird Sie hinbringen."

„Sie werden von mir hören", sagte Maja nur und verließ aufgebracht die Behörde. Sie wusste, was zu tun war.

## Episode 11:  Rom – Mene ... u pa ...

Der dritte Tag in Rom sollte noch ernüchternder werden als die Tage zuvor. Alle waren zum Frühstück erschienen, selbst Raoul und Joaquim waren pünktlich. Isabella schaute ihren Dozenten fragend an und sagte: „Was sollen wir hier eigentlich noch?"

Auch Gonzalez war ratlos. Santa Maria Maggiore war eine Museumsruine geworden, das Forum Romanum eingeebnet und nach Beseitigung aller Ruinen in ein Open-Air-Kino verwandelt worden. Die Filme, die dort gezeigt wurden, waren meist blutrünstige Darstellungen von Gladiatorenkämpfen, die man vermutlich aus Unkenntnis auf das Forum Romanum verlegt hatte. In den Pausen zwischen den Kampfszenen sah man schrille Werbung für irgendwelchen Kram, der angeblich unentbehrlich war ...

Offensichtlich hatte man mit dem Kolosseum etwas anderes vor. Es waren Raoul, Joaquim und Pedro, die davon berichteten. Zunächst Pedro: „Ihr habt vielleicht schon gesehen, dass man das Kolosseum um einige Meter nach oben ergänzt hat, um noch mehr Sitzplätze zu schaffen. Und wollt ihr wissen, was da abläuft? Ihr glaubt es nicht. In dem riesigen Innenraum finden sogenannte Sky Diving Games statt. Aus zahlreichen Düsen im Boden kommen Luftströme, die es den Divern erlauben, durch den gewaltigen Innenraum zu schweben. Zwei Mannschaften mit jeweils, ich glaube, fünf Spielern versuchen dann, sich gegenseitig einen großen, vermutlich recht schweren Ball abzujagen und in den Korb des Gegners zu drücken. Dabei geht es sehr brutal zu, aber sie nutzen die Luftströme geschickt aus, leichtere Spieler floaten etwas höher, schwerere unter ihnen und so geben sie den Monsterball weiter und versuchen zu verhindern, dass der Gegner ihn wegreißt."

„Also, das war schon irgendwie faszinierend", warf Joachim ein, „wie die das technisch hinbekommen. Da gibt es mehrere Spielpausen, in denen die Zuschauer, also die wagemutigen, auf den künstlichen Luftkissen schweben können. Da auch diese Zuschauer alle ziemlich fett waren, musste der Luftstrom verstärkt werden, damit sie überhaupt abhoben. Fast hätte ich mich getraut, da mitzumachen, aber das war natürlich nicht kostenlos und es hätte meine finanziellen Möglichkeiten überstiegen. Stattdessen haben wir uns köstlich amüsiert, wie ein paar mutige Zuschauer mit Polstern und Helm ausgestattet ungeschickt gegeneinander oder gegen die Randbegrenzungen prallten. Beendet wurde das Ganze, indem der Luftstrom allmählich schwächer wurde, bis die Pausenflieger wieder festen Boden unter den Füßen hatten, unter dem Gejohle der zahlreichen Zuschauer ihre Schutzkleidung abnahmen und ihre Sitzplätze wieder aufsuchten. Dann wurden die Düsen wieder auf volle Stärke gestellt und die Mannschaften schwebten herein."

„Faszinierend, aber doch irgendwie pervers. Wir waren ganze vier Stunden dort, aber danach haben wir uns schon gefragt, womit wir unsere Zeit da eigentlich vergeudet haben", sagte Raoul, „dieses Rom hat mich bisher ziemlich frustriert, ich kann mir nicht vorstellen, dass wir hier noch irgendetwas von Bedeutung zu sehen bekommen."

Nun meldete sich Elvira zu Wort: „Wir hatten auch ein besonderes Erlebnis. Isabella, Juan und ich haben uns in einem dieser Parks auf eine Bank gesetzt und haben gelesen. Die Passanten haben uns wie Aliens angesehen. Einige haben mit den Fingern auf uns gezeigt und ihren Kindern versucht zu erklären, was wir da in Händen halten. Die Kinder haben sich fast totgelacht."

„Tja", sagte Gonzalez, „wir haben noch einen Programmpunkt, aber ich befürchte, dass wir auch dort eine böse Überraschung erleben werden. Ich glaube, dass man auch den Petersdom in irgendetwas umgewandelt hat."

Und wieder zog es die Südler-Gruppe vor, den langen Weg zum Petersplatz zu Fuß zurückzulegen. Wie in Oslo hatte dies den Vorteil, dass sie kaum einem Menschen begegneten, niemandem ausweichen mussten und sich ungestört auf dem Weg unterhalten konnten.

Nach etwas mehr als einer Stunde kam die imposante Kuppel des Petersdoms in den Blick. Als sie näherkamen, bemerkten sie ein Gewusel von Elektrofahrzeugen jeglicher Art. Der Petersplatz war ein riesiger Parkplatz, selbst in den Kolonnaden parkten E-Scooter und E-Roller.

Juan Gonzalez suchte vergebens nach den Statuen der Apostel, die er auf alten Darstellungen gesehen hatte. An ihre Stelle waren zahlreiche Werbescreens getreten, die laut und bunt die Vorzüge von Peter's Shopping Mall herausschrien. Jetzt waren auch Menschen zu sehen, bepackt mit Einkaufstaschen, auf denen in riesigen Lettern „SIXT-INI-Mall" zu lesen war.

„Ich glaube, wir sollten auf einen Besuch der Innenräume verzichten", sagte Gonzalez, „gehen wir doch einfach ins Hotel zurück."

Ohne Widerspruch kam die Gruppe seinem Vorschlag nach und machte sich schweigend auf den Rückweg, als plötzlich Gonzalez´ Mobiltelefon summte.

Etwas abseits von der Gruppe sah er den Namen Forester Li als Absender der Message und war ebenso verwundert wie erfreut. Nun bat er seine Studenten, allein weiter zu gehen, schaute sich nach einem ruhigen Platz um. Da man im Nord ja nicht mehr zu Fuß ging, schien es auch keine Ruhebänke zu geben. Eine Art Stromkasten war das einzige, das ihm als Sitzgelegenheit dienen konnte. Er setze sich und hörte die Nachricht ab. Sofort sprach er seine Antwort auf MessagePro:

*„Ich habe mich sehr über Ihre Post gefreut. Besonders gefallen hat mir, dass Sie ein Gespür für die Zeilen Fernando Pessoas haben. Er ist einer der bedeutendsten, vielleicht sogar der bedeutendste Dichter des alten Portugal. Seine Gedichte sprechen davon, dass man ... am besten, ich schicke Ihnen noch*

*mehr davon. Aber wie geht es Ihnen und Ihren Studenten? Machen Sie gute Erfahrungen? Meine Gruppe und ich sind über vieles hier im Nord irritiert. Können wir uns nicht mal persönlich treffen? Ich bin heute Abend im Hotel in Rom, dann müsste bei Ihnen gerade Mittagszeit sein. Rufen Sie doch einfach an, wenn Sie das möchten. Ich würde mich sehr freuen. Übrigens: Wofür steht das M.?*
*Ich grüße Sie herzlich!*
*Juan A. G.*

Seine Gedanken kreisten. Sie wird anrufen. Ich hoffe, sie ruft an. Irgendetwas sagt mir, dass sie sich Sorgen macht.

Auf dem Weg zum Hotel konnte er an nichts anderes denken. Seine Studenten würde er jetzt nicht mehr einholen können. Pessoa. Ein Nordler interessiert sich für Pessoa. Es war noch zu früh am Nachmittag, um schon hoffen zu können, dass sie ihn anrufen werde. Aber er war so aufgewühlt, dass er es vorzog, ein Café aufzusuchen statt direkt ins Hotel zu gehen.

Auch wenn das Wetter nicht so gut war, nahm er an einem kleinen Tisch unter einer Markise Platz, da er keine Lust verspürte, von dem Gedröhne der Bildschirme und der aufdringlichen synthetischen Musik aus seinen Gedanken gerissen zu werden.

Er bestellte einen Kaffee, nahm aus seinem kleinen Rucksack Heft und Stift, die er immer bei sich trug, und hielt seine Gedanken fest. Der Kaffee war ausgezeichnet, kräftiger, italienischer Kaffee.

Zumindest das haben sie sich noch nicht abgewöhnt, dachte er.

Es fiel ihm nicht leicht, die Gedanken zu ordnen. Vielleicht täuschte er sich auch und die Nachricht der Dozentin war nicht mehr als ein oberflächliches Interesse.

Den Weg zum Hotel nahm er bewusst langsam, damit möglichst viel Zeit verging und es endlich Abend würde. Nun sah er zwei seiner Studenten vor dem Hotel, grüßte sie freundlich und schaute zum wiederholten Mal auf die Uhr. Das Abendessen würde erst in zwei Stunden serviert. Also ging er in sein Zimmer, zog sich die Schuhe aus und legte sich aufs Bett. Zum Meditieren fehlte ihm die Ruhe. Ebenso zum Lesen. Daher döste er vor sich hin, ließ seine Gedanken schweifen und überlegte, wie er mit ihr kommunizieren könnte. Die Menschen des Nord, so dachte er, haben völlig andere Prioritäten. Aber vielleicht war das ein Vorurteil, vielleicht täuschte er sich in diesem Punkt. Es blieb ihm nichts anderes übrig, als abzuwarten.

Endlich war die Zeit des Abendessens gekommen. Seine Studenten sollten nichts von seiner Spannung spüren, daher bemühte er sich, locker zu reden und von einem Thema zum anderen zu springen. Dann endlich, als der letzte seiner Studenten mit dem Essen fertig war, erhob er sich, wünschte allen noch einen schönen Abend und begab sich auf sein Zimmer.

Entgegen seiner Gewohnheit schaltete er den riesigen Fernseher ein, war aber nur mäßig an den dargebotenen Inhalten interessiert. Pferderennen, Darts, lustige Clips und Kochsendungen gehörten nun wirklich nicht zu seinen Interessengebieten.

Da plötzlich der Klingelton. Das Display zeigte eine ihm unbekannte Nummer. War sie es? Er drückte auf den grünen Punkt und alle Anspannung fiel von ihm ab, als er die Stimme am anderen Ende hörte. Sie war es.

„Juan, Juan Gonzalez."

„Ja, hier ist ... Forester Li, Maja."

„Wenn Sie wüssten, wie ich mich über Ihre Nachricht gefreut habe! Wie ist es Ihnen ergangen? Ist es in Ordnung, wenn wir Spanisch sprechen?"

„Ja natürlich. Wie es mir ergangen ist? Nun, das ist eine längere Geschichte. Ich kenne Sie zwar nicht wirklich, habe aber das Gefühl, dass ich mit Ihnen etwas besprechen könnte."

„Was immer es ist, Frau ... ich sage einfach Maja, Sie können mir vertrauen."

„Dann nenne ich Sie Juan. Ich bin nicht sicher, ob nicht all unsere Gespräche mitgehört werden, aber ich bin mittlerweile in einer Situation, in der mir auch das schon fast gleichgültig ist."

„Können Sie andeuten, um was es geht? Ich glaube, das Abhören funktioniert mit einigen Tagen Verzögerung. Die zeichnen alle Gespräche auf, aber nur bei Verdacht gehen sie dem nach, was gesprochen wurde."

„Ach, Juan, so lahm ist unser Geheimdienst nicht, wenn sie jemand auf dem Kicker haben. Und das haben sie vermutlich, mich auf dem Kicker. Juan, keine Ahnung, ich weiß es wirklich nicht: Entweder habe ich einen großen Fehler gemacht – oder das Klügste, was ich je gemacht habe. Sehr vieles, was ich in Ihrem Süd erlebt und erfahren habe, hat mich beeindruckt. Vieles positiv beeindruckt. Die Freundlichkeit der Menschen hatte ich schon bei meiner früheren Reise in den Kongo erlebt, die lächelnden Menschen, die Hilfsbereitschaft und nicht zuletzt die Musik. Und noch etwas: Ich habe zwar keinen Draht zu so etwas, aber die Ernsthaftigkeit, mit der man hier religiöse Traditionen hochhält, fand ich sehr bemerkenswert."

„Maja, bis jetzt sehe ich noch nichts Gefährliches in ihren Worten, wieso soll das ein großer Fehler sein, was Sie da erzählen?"

Nun erklärte Maja ihrem Gesprächspartner, was ihr Auftrag gewesen war, wie sie Fernando Ganzór erlebt hatte, wie sie sich durch ihr Handeln angreifbar gemacht hatte. Der Nord würde ihr Vorgehen nicht zu Unrecht als unbotmäßig oder gar als Verrat bezeichnen und ihr niemals verzeihen. Ihr Chef würde sie jagen, ob im Nord oder im Süd.

„Das ist allerdings schwerwiegend." Dann schwieg Juan einen kurzen Moment, bevor er fortfuhr: „Maja, Sie müssen im Süd bleiben. Im Nord sind Sie jedenfalls weniger sicher! Hatten Sie nicht etwas von Patagonia gesagt? Gehen Sie dorthin."

„Daran habe ich auch schon gedacht, aber ich bin ja nicht allein. Ich fühle mich verantwortlich für meine Studenten. Ich muss die jungen Leute unbedingt sicher durch die Schleuse über Miami bis nach Brüssel bringen!"

„Man wird alles daransetzen, Sie zur Rechenschaft zu ziehen und Geheimdienstleute auf Sie ansetzen, das ist klar. Gespräche abhören ist das Mindeste, was die tun werden. Wir müssen uns beeilen."

„Was soll ich denn machen? Ich kann die Studenten nicht einfach zurücklassen."

„Jetzt hören Sie zu, Maja. Ich habe eine Idee. Ich werde mit meiner Gruppe bereits morgen oder übermorgen, sobald ich einen Gleiter buchen kann, nach Brüssel zurückkehren. Kommen Sie, so schnell Sie können, mit ihren Studenten auch dorthin. Dann sind ihre Studenten in Sicherheit und ich überlege mir bis dahin einen Plan für Sie. Einzelheiten werde ich Ihnen ab jetzt nur noch unter vier Augen sagen, Sie wissen schon. Nur so viel: Ich werde Ihnen helfen. Damit das klappt, sollten Sie ab jetzt keines Ihrer elektronischen Geräte mehr benutzen. Erst wenn Sie in Brüssel sind, kontaktieren Sie mich. Alles andere erkläre ich Ihnen dann, ich habe schon einen Ort im Auge. Aber genug."

„Was bringt Sie dazu, einer Fremden wie mir helfen zu wollen?"

„Lachen Sie bitte nicht: Fernando Pessoa!"

Gonzalez bat sie, das Gespräch zu beenden und das Weitere ihm zu überlassen: „Wir sehen uns in Brüssel."

# Episode 12:
# Longyearbyen – Menet ... u pars ...

Immo hatte in den wenigen Tagen, die er nun auf Spitzbergen weilte, schon sehr viel von der Inselgruppe sehen können. Natürlich hatte er sich entschieden, das Angebot der Arktiker anzunehmen. Bereits am zweiten Tag hatte ihn Milan nach Kvitoya geführt, wo der Kunstspeicher untergebracht war. Vor dessen Eingang hatte Immo über eine gewaltige steinerne Säule gestaunt, eine Art Obelisk aus Menschenleibern.

Auf Rossoja, der nördlichen Insel, war alles gesammelt, was man an Musik, Instrumenten und Noten aus dem Nord erhalten hatte. Milan hatte Immo erklärt, dass hier einmal pro Woche Konzerte stattfinden, klassische, aber auch andere.

Und dann war es endlich soweit: Man führte ihn nach Pyramiden, jenem verlassenen Kohleort nördlich von Longyearbyen, wo man in endlosen Schächten die Literatur der Welt aufbewahrte.

Immo konnte seine Erregung nicht verbergen. Hier also sollte seine neue Arbeitsstätte sein. Hier sollte er die unglaubliche Masse an Literatur federführend einer Ordnung zuführen. Milan wusste genau, wie er die Begeisterung Immos noch steigern konnte. Er winkte einem der Wachleute, bat ihn, eines der kleinen Fahrzeuge zu holen, die eine gewisse Ähnlichkeit mit den batteriegetriebenen Fahrzeugen auf Golfplätzen hatten.

Der Wachmann fuhr, Milan und Immo nahmen auf der Rückbank Platz. Schier endlos erschien Immo die Fahrt. Alle 50 m auf beiden Seiten des Tunnels befanden sich Metalltüren mit riesigen Aufschriften, die sein Herz höherschlagen ließen: *Frühes Mittelalter/Theologika*, ein Stück weiter: *16. Jahrhundert/Theater*, und wieder ein Stück weiter: *Shakespeare/primär und sekundär.*

Lange dauerte die Fahrt, bis Milan den Fahrer bat anzuhalten. Er forderte Immo auf, ihm zu folgen. Die Tür, die Milan nur mit einiger Anstrengung öffnete, trug die Aufschrift *Manuskripte*. In den Regalen verrieten allein die Buchrücken, dass es sich hier wohl um die ältesten Werke des Literaturspeichers handeln müsse. Es war Immo nicht klar, woher Milan seine Vorliebe für die Gedichte des Horaz kannte. Jedenfalls blieb er vor einer Regalwand stehen, schob die gläserne Scheibe zur Seite, zog sich weiße Handschuhe an, reichte auch Immo ein Paar. Dann nahm er vorsichtig einen Kodex heraus und reichte ihn Immo. Mit zitternden Händen öffnete Immo behutsam den Kodex und las lateinische Verse.

„Wie du siehst", sagte Milan, „haben wir mehr als genug von diesen Texten. Du und dein neues Team, ihr werdet einige Monate alleine damit zu tun haben."

Die Rückfahrt entlang der Literaturtore genoss Immo sichtlich. Hier würde er arbeiten, hier könnte er seinen Traum leben, authentische Literatur in Händen zu halten. Milan unterbrach die stille Fahrt: „Eigentlich wollten wir dir morgen den Newtontopen, den höchsten Berg unserer Inselgruppe zeigen, aber der Rat und ich sind zu dem Entschluss gekommen, dich so bald wie möglich hier unten wirken zu lassen. Die Berggegend ist außerordentlich reizvoll, aber die zeigen wir dir lieber erst dann, wenn das Wetter sich verbessert hat."

Immo war das gleich. Seitdem er einen Horazkodex in den Händen gehalten hatte, gehörte die Natur Spitzbergens nicht mehr zu seinen Prioritäten.

Sie waren etwa eine halbe Stunde gefahren, als Milan den Fahrer ganz unvermittelt anzuhalten bat. Zwei in lange dunkle Gewänder gekleidete Männer kamen auf das Fahrzeug zu. Milan öffnete die Fahrertür, ging auf die beiden zu und umarmte sie. Dann zeigte er auf Immo und die drei Männer näherten sich.

„Immo, ich möchte dir diese beiden Herren vorstellen. Das hier ist Pater Bernardo und das Pater Pavel. Die beiden sind unsere Sprachgenies. Als sie noch im Vatikan gearbeitet haben, hat man sie scherzhaft Die-mit-1000-Zungen-sprechen genannt; jeder von ihnen beherrscht mehrere Dutzend Sprachen. Selbst Aramäisch, Akkadisch oder Altassyrisch. Für dich am nützlichsten könnten ihre Griechisch- und Lateinkenntnisse sein. Du wirst sie näher kennenlernen, denn die beiden gehören zu deinem Team. Du könntest sie ohne weiteres bitten, eine kurze Rede im Stile Ciceros zu halten, sie würden dich nicht enttäuschen."

Nun lachten alle drei, die beiden Mönche nickten Immo freundlich zu und zogen sich in Richtung eines Tors mit der Aufschrift *Scholastik* zurück.

Nun setzten sie ihre Fahrt zum Ausgang des Literaturtunnels fort. Immo war so überwältigt von seinen neuen Eindrücken, dass er den Erklärungen Milan nicht mit voller Konzentration folgte. Er hörte, dass Milan den Grund für die Temperaturunterschiede im Literaturtunnel erklärte, dass die unterschiedlichen Papier- bzw. Papyrusqualitäten auch unterschiedliche Temperaturen brauchten, um zu überleben. Dann erklärte Milan, wie es den Arktikern gelungen war, sich vom Nord unabhängig zu machen, dass sie weite Teile der südlicheren kleineren und größeren Inseln urbar gemacht hätten – und das mithilfe des Nord und ihren Wärmebomben. Die Saatspeicher hätten natürlich tiefere Temperaturen, gleichbleibend zu jeder Zeit.

Immo hörte erst wieder aufmerksam zu, als Milan ihm erklärte, wie es zur Abspaltung vom Nord gekommen war. Dass bis heute aus allen Weltregionen immer noch neues Saatgut geliefert werde, dass der Nord sich bezüglich der Finanzierung als äußerst großzügig erweise, dass man seit der Literatur- und Kunsttransporte aber nur noch die nötigsten Kontakte zum Nord aufrechterhalte.

Zurück in seinem Zimmer ruhte sich Immo kurz aus und machte sich dann auf den Weg zum Restaurantbereich, wo er schon von der Tür aus Milan, Johannes, Victor und die beiden Patres aus dem Tunnel erkannte. Ein reichhaltiges Abendessen mit Fisch und frischem Gemüse aus den Agro-Inseln beendete diesen Tag.

## Episode 13: Brüssel
*Adam und Eva hatten keinen Bauchnabel*

Es war Gonzalez nach zahllosen Versuchen doch gelungen, schon für den nächsten Tag einen Gleiterflug von Rom nach Brüssel zu organisieren. Nach all den Enttäuschungen war er sehr überrascht, wie entgegenkommend man ihn bei der Gleitergesellschaft behandelt hatte. Es fielen zum Glück für ihn und die Gruppe keinerlei weitere Kosten an.

Sie landeten an diesem regnerischen 21. November pünktlich um 14:07 Uhr. Der Flug hatte nicht einmal fünfzehn Minuten gedauert und bereits eine Stunde nach der Landung konnten seine Studenten den Rückgleitflug nach Miami antreten.

Es war ihm peinlich, dass er seine Studenten belügen musste, so etwas war normalerweise nicht seine Art. Aber er musste den Studenten doch eine glaubwürdige Erklärung geben, warum er nicht gemeinsam mit ihnen in den Süd zurückreisen konnte. Er sprach von Freunden in Frankreich, die ihn eingeladen hätten und die er unbedingt besuchen wolle. Ob die Studenten ihm geglaubt hatten? Er war sich nicht sicher.

Als seine Gruppe in der Gleiteröffnung verschwunden war, atmete er tief durch und begann mit der Umsetzung seines eigentlichen Plans. Da er als Südler nicht über genügend Mittel verfügte, ein Hotel zu buchen und auch seine Daten nicht preisgeben wollte, fragte er vor der Gleiterstation nach dem nächstgelegenen Krankenhaus. Er würde sich untersuchen lassen müssen, hätte aber immerhin eine Unterkunft und Verpflegung. Außerdem wären die Sicherheitsorgane der Secura nicht so argwöhnisch, als wenn er selbstständig und ohne Bewachung in Belgio oder Germanio herumreisen würde.

Er war sich bewusst, dass sein Anruf bei seinem Freund Benoit in Brügge aufgezeichnet würde, hoffte allerdings, dass bis zu dem Zeitpunkt, an dem die Secura Verdacht schöpfen würde, der nächste Schritt seines Plans bereits vollzogen war. Zu seinem Bedauern musste er sich äußerst kurz fassen, als er Benoit erklärte, dass dieser ihn in einigen Tagen in Brüssel abholen müsse. Erklärungen werde er später geben.

Auch Maja war es gelungen, frühere Gleiterflüge für den 24. November zu organisieren. Die Fahrt zur Schleuse in Porto Eclusa dauerte noch länger als die Hinfahrt. Die Unannehmlichkeiten der Fahrt waren aber für Maja harmlos im Vergleich zu den wirren Gedanken und panischen Ängsten, die sich mit jeder Stunde, die sie dem Nord näherbrachte, noch steigerten.

Ihre Studenten schienen vergnügt zu sein, tauschten ihre unterschiedlichen Erlebnisse aus und sprachen in ihre Mobiltelefone, wohl in dem Wissen, dass sie sie an der Schleuse ausschalten mussten und erst nach den beiden Gleiterflügen in Brüssel wieder benutzen durften.

Maja spürte, wie sie den Boden unter den Füßen verlor. War Gonzalez wirklich so hilfsbereit? Würde ihr Simon Nachforschungen anstellen? Und Delacroix? Sie würde schon mehrere Tage zurück im Nord sein, wenn er sie am eigentlich vorgesehenen Rückreisetag am Gleiter-Terminal abholen lassen würde. Konnte das unbemerkt bleiben?

Nachdem Gonzalez ein Krankenhaus gefunden hatte, hinkte er sichtlich mühsam zur Anmeldung. Er entschuldigte sich, setzte seinen Rucksack ab und spielte die Rolle des Verletzten so gut, dass die Rezeptionistin sofort einen Pfleger verständigte, vor allem, weil Gonzalez sich auf einen der Stühle in den Wartebereich hatte fallenlassen. Es war ihm durchaus peinlich zu sehen, wie besorgt man um ihn war. Er wurde, noch bevor er seine Personalien angeben musste, von einem kräftigen Pfleger in einen der Behandlungsräume gebracht. Der Pfleger trug sogar seinen Rucksack. Es dauerte allerdings fast zwei Stunden, bis eine Ärztin erschien. Sie grummelte etwas von Überlastung, Personalknappheit, Doppelschichten, fragte nicht unfreundlich, aber professionell, was sie für ihn tun könne.

Sein altmodisches Englisch verriet der Ärztin, dass es sich um einen Südler handelte. Gonzalez stammelte ein paar Worte, fasste sich an den Kopf, zeigte auf eine bestimmte Stelle am Hinterkopf und gab der Ärztin zu verstehen, dass er Gleichgewichtsstörungen habe und dass auch sein Sehvermögen stark nachgelassen habe.

Dies führte dazu, dass die Ärztin ihn, ohne zu zögern, sofort auf einer Station unterbringen ließ, an deren Glastür *Stroke Unit* zu lesen war. Es war ein gemessen an Südstandards luxuriöses Doppelzimmer und Gonzalez hätte herzhaft über so viel Luxus gelacht, wenn er nicht sein Theater hätte weiterführen müssen. Die Ärztin versprach, dass man noch am Abend eine Tomografie vornehmen werde. Nun solle er sich langsam ausziehen, die vom Pfleger bereitgestellte Anstaltskleidung anziehen und sich ausruhen.

Dann nahm sie ihn kurz zur Seite und erklärte ihm, dass sein Zimmergenosse nach einem Suizidversuch durch Medikamentenmissbrauch geistig ziemlich gelitten habe, ansonsten allerdings harmlos sei.

Gonzalez hatte schon etwa eine Stunde auf dem Krankenbett gelegen, als der etwa Fünfzigjährige neben ihm zu reden begann: „Sie kommen, Wellen. Die weißmähnigen Seepferde, mampfend, zagwindgezüngelt, Mananaans Rosse. Und Adam, aber auch Eva, nee, beide hatten natürlich keinen Bauchnabel Woher auch."

Gonzales erschrak. Wie sollte er mit einem solchen Zimmergenossen umgehen? Sollte er etwas sagen oder lieber schweigen?

Dann hörte er: „Ja, ja, Joyce. Der schräge Vogel. Die weißmähnigen Seepferde. The book of Guinessis." Dann drehte der Mann sich zu Juan um und sprach vollkommen klar: „Sie Glücklicher aus dem Süd. Lesen, was euch beliebt."

Dann musterte er Juan und vertraute sich ihm an: „Ich bin verrückt. Glauben die. Gut so. Wenn du verrückt bist, bist du nichts wert hier im Nord."

Wieder wusste Juan nicht, wie er reagieren sollte. Er versuchte es: „Sie kennen sich mit Büchern aus, nicht wahr?" Die prompte Antwort: „Man hat meinen Laden ausgeraubt. Meinen schönen Buchladen! Nel mezzo del camin di nostra vita! Einfach alles weg. Geraubt. Zerstört. Nord ist Mord. Nord liest nicht."

Juan wollte ansetzen, etwas zu sagen, als er bemerkte, dass sein Gesprächspartner eingeschlafen oder irgendwie zumindest weggetreten war. Doch ein Gedanke aus seinen wirren Reden ließ ihn nicht los: Adam und Eva hatten keinen Bauchnabel. Keine Mutter, kein Bauchnabel. Irre.

Es klopfte an der Zimmertür. Da Gonzalez nicht reagierte, öffnete sich die Tür und ein etwa 1,50 m großer Serviceroboter rollte auf sein Bett zu. Das Tablett, das er in seinen Greifarmen trug, stellte er geräuschlos auf das Tischchen neben dem Bett. Gonzalez war sprachlos und fand erst recht nicht wieder zu Sprache zurück, als der Roboter ihn fragte: „Hallo und guten Tag. Wie geht es Ihnen heute? Kann ich außerdem etwas für Sie tun? Haben Sie Wünsche?" Als Gonzalez auf diese Fragen nicht reagierte, entschuldigte sich der Roboter. Dann sagte er, wesentlich lauter als beim ersten Mal: „Ich entschuldige mich noch einmal. Natürlich habe ich nicht laut genug gesprochen. Daher wiederhole ich gern: Wie geht es Ihnen heute? Kann ich außerdem etwas für Sie tun? Haben Sie Wünsche?"

Der Büchermensch im Nachbarbett winselte. Gonzalez war halb belustigt, halb bestürzt. Was ihn besonders irritierte: Man hatte wohl aufgrund der Angaben des Pflegers den Serviceroboter auf Spanisch umgeschaltet. Sollte er wirklich mit diesem Gerät sprechen? Als der Roboter seinen künstlichen Kopf zur Seite neigte, rang Gonzalez sich durch und sagte: „Bringen Sie mir bitte eine spanische Zeitung."

Sofort kam die Reaktion: „Wir haben folgende Zeitungen: Harold Tribune, The Times, die Zeit, den Spiegel ..."

Gonzalez unterbrach die lange Aufzählung und sagte: „Ich danke herzlich. Ich möchte jetzt doch lieber schlafen. Ich wünsche noch einen schönen Tag."

„Das wünsche ich Ihnen auch. Die Qualität ihrer Kleidung auf dem Stuhl bedarf einer Überprüfung. Wenn Sie einverstanden sind, nehme ich sie mit zur Korrektur."

Gonzalez erwiderte: „Ich möchte das heute nicht. Bitte lassen Sie mich jetzt allein."

Der Roboter verneigte sich leicht, wünschte noch einen schönen Tag und kündigte seine Wiederkehr für das Abendessen an. Dann drehte er ab, hob einen seiner Arme und winkte beim Herausgehen. Gonzalez hob den Deckel, unter dem ein Stück Kuchen lag, kurz an, schüttelte den Kopf und schob das gesamte Tischchen ein Stück von seinem Bett weg,

Eine Ärztin betrat das Zimmer und trat an das Bett des „Verrückten": „Herr Walter, wie geht es uns denn heute?" Herr Walter setzte sich ruckartig auf und schrie: „Aurea prima sata est aetas. Wanderer, kommst du nach Sparta. A horse, a horse, a kingdom for a horse." Die Ärztin notierte etwas auf einem Klemmbrett und verließ grußlos den Raum.

Herr Walter lächelte verschmitzt und sagte: „So mache ich das schon tagelang. Irgendwann schieben sie mich in den Süd ab. Und dann kann ich wieder an Bücher kommen. Vielleicht kann ich sogar wieder einen Buchladen eröffnen. Sie sind doch aus dem Süd, ihre Kleidung sagt mir das. Und wie sie auf den Roboter reagiert haben. Und ich spüre, dass irgendetwas auch bei Ihnen nicht stimmt." Juan lachte herzlich und wünschte Herrn Walter Glück.

Die Kernspintomografie ergab keinerlei Befund, so dass die hinzugezogenen Fachärzte ein wenig ratlos auf die Computeraufzeichnungen starrten. Das Gerät müsse vielleicht doch einmal gewartet werden, hörte er einen der Ärzte sagen. Auf die Frage, ob er Schmerzen habe, antwortete Gonzalez, dass er zwei Aspirin genommen habe und außer dem immer noch vorhandenen Schwindel im Liegen keine Einschränkungen spüre. Es erheiterte ihn, das Wort Schwindel zu benutzen. Man einigte sich darauf, den Patienten einige Tage zur Beobachtung stationär aufzunehmen.

Für Juan gingen am folgenden Tag die Untersuchungen weiter. Ein Augenarzt wurde hinzugezogen, sogar ein Psychiater, der allen gängigen Vorurteilen entsprach, nahm sich viel Zeit, um Gonzalez zu befragen. Erst am dritten Tag erhielt er einen Anruf von der Rezeption, er möge doch bitte im Laufe des Tages seine Personalien angeben. Sollte er sich den Weg zur Rezeption nicht zutrauen, so werde eine mechanische Servicekraft ihn in seinem Zimmer aufsuchen.

Nun würde es eng, denn wenn seine Personalien einmal gespeichert wären, würde man ihn leichter ausfindig machen können. Er nannte es im Nachhinein nicht etwa Glück, sondern Fügung, dass ausgerechnet an diesem Tag sein Mobiltelefon summte und Maja ihm nur leicht verschlüsselt mitteilte, dass sie in Kürze den Gleiter in Miami nehmen werde.

Eigentlich hätte sich Gonzalez für die außerordentlich freundliche Betreuung, die kostenlose Unterkunft, die Verpflegung und die ärztliche Versorgung bedanken wollen. Aber darauf musste er verzichten. Stattdessen zog er seine „der Überprüfung bedürfende" Kleidung an, schulterte den Rucksack, warf noch einen letzten Blick auf seinen Zimmergenossen, gab ihm eine Visitenkarte und sagte: „Wenn Sie es in den Süd schaffen, melden Sie sich bitte. Viel Glück!"

Dann verließ er das Krankenzimmer und fuhr mit dem Aufzug in den Keller des Krankenhauses. Dort würde er sicher einen unauffälligen Weg nach draußen finden.

# Episode 14: Brüssel 2

Majas Gleiter landete auf die Sekunde. Ihr Herz klopfte heftig, als sich die Luke öffnete. Wieder ließ sie ihrer Gruppe den Vortritt, schaltete ihr Mobiltelefon ein und stieg aus dem Gleiter.

Dann gingen sie gemeinsam zum Ausgang des Gleiter-Terminals. An Quai 1 stand schon der Schnellbus bereit, der die Studenten nach Charleroi bringen würde, dem Drehkreuz für Non-Gleiter, wo sie dann ihre Heimatorte in Espanio, Italio und wo auch immer per Helikopter oder Jet erreichen würden.

Ein wenig Wehmut befiel Maja, als sie sich verabschiedete, denn ihr war klar, dass sie die Gruppe nicht wiedersehen würde. Während die anderen Studenten ihr nur zunickten, kam Ivo auf sie zu und umarmte sie zum Abschied. Sie war gerührt von dieser Geste.

Lange schaute sie dem Schnellbus noch nach. Wie sollte es weitergehen? „Quai 1 in Brüssel" teilte sie Juan mit. Der wird das schon verstehen, dachte sie. Die Antwort kam sofort: „E-Tram 3 Brüsselpark, bin da." Na ja, dachte Maja, nicht eben perfekt verschlüsselt, wir werden besser drauf achten müssen, keine Spuren zu hinterlassen.

Es dauerte nur wenige Minuten und sie stieg in die 3 ein. Schon bei dieser kurzen Fahrt fiel ihr auf, wie sauber die Städte des Nord waren. Wohltuend sauber, klinisch-kalt? Gut gekleidete Menschen stiegen an der nächsten Station zu. Und wieder spürte sie, wie ihr Herz pochte. Die nächste Station war unterirdisch und die Werbescreens noch greller. An der dritten Station stieg sie aus.

Der Eingang des großen Parks lag auf der anderen Seite der Haltestelle. Am Tor stand jemand. Der Statur nach könnte das Juan sein, dachte sie und wartete, bis die Ampel des Fußgängerüberwegs grün zeigte. Der Mann am Tor tat, als ob er sie nicht bemerke, aber es war Juan, ganz eindeutig. Sie überquerte die breite Straße und ging auf Juan zu. Was jetzt? Ihm um den Hals fallen? Kam nicht in Frage, selbstverständlich. Doch dass Juan ihr nicht einmal die Hand gab, sondern nur aus zwei Metern Entfernung „Willkommen!" mehr flüsterte als sagte, darüber war sie, wenn sie ehrlich zu sich war, doch enttäuscht.

Dann führte er sie, ohne ein Wort zu sagen, durch das gewaltige Eisentor in die Parkanlage, blieb nach ein paar Schritten stehen, nahm sein Mobiltelefon und rief ein selbstfahrendes Taxi zum Westtor des Parc de Bruxelles. Maja wäre gerne mit Juan etwas durch den Park geschlendert, doch wer im Nord nicht auffallen wollte, der ging besser nicht zu Fuß. „Wir fahren zu meinem Freund Benoit", sagte Juan, „bei ihm finden wir Unterschlupf für ein paar Tage, bevor es weitergeht." Maja stellte keine Fragen, nicht nur aus Sicherheitsgründen, sondern weil sie der Meinung war, für ihre Nerven sei es besser, sich ein Stück weit ihrem Schicksal zu überlassen.

Als das Taxi kam, wollte sie nach ihrem Koffer greifen. „Mein Gepäck!" rief sie. „Verflucht noch mal, mein Gepäck! Ich hätte am Gleiter-Terminal mein Expeditions-Gepäck abholen oder zumindest mich dort zeigen müssen!"

Sichtlich nervös dachte Juan eine Weile nach. „Kriegen wir hin", sagte er schließlich, als die Bereitschaftlampen des Taxis schon hektisch blinkten, „es wird eine Zeit dauern, bis die Secura argwöhnisch wird. Bis dahin sind wir in Sicherheit, wenn wir uns beeilen." Er unterbrach sich, schaute Maja an, nahm ihre Hand und drückte sie fest. Dann sagte er: „Mein Freund Benoit regelt das, auf den ist Verlass."

Maja schwankte zwischen Vertrauen und Mutlosigkeit. Natürlich hätte sie gerne gewusst, was Juan vorhatte. Ihm, den sie erst kurz zuvor kennengelernt hatte, einfach so zu folgen, fiel ihr schwer, obwohl ihr klar war, dass es besser war, nicht zu reden. Die Secura konnte überall ihre Ohren haben. Und ihr fehlte im Moment auch die Energie, über schwierige Themen nachzudenken und zu reden.

Das selbstfahrende Taxi, ein geräumiges gelbes Fahrzeug asiatischer Bauart, war auch nicht der rechte Raum, um Pläne zu schmieden oder auch nur Eindrücke ihrer Reise auszutauschen. Diese Taxis funktionierten mit Sprachsteuerung, da war nicht einmal eine Wanze nötig, wusste Maja, weil das Mikrofon der Sprachsteuerung ständig angeschaltet sein musste.

Maja nahm auf der Rückbank Platz, Juan setzte sich neben sie, nannte eine Adresse, die Maja nichts sagte, und drückte kurz ihre Hand. In einer Wohnstraße, die aussah wie viele andere, hielt das Taxi an: „Sie haben ihr Ziel erreicht", sagte die Computerstimme. Sie stiegen aus und Juan bedeutete ihr, in einen blauen Kombi zu steigen, der ein paar Meter entfernt parkte. Ein etwa 45-jähriger Mann, dessen Haare nur noch einen Kranz bildeten, saß am Steuer. „Das ist Benoit", erklärte Juan.

Dieser lächelte freundlich und fuhr sofort los. Keiner sagte etwas. Können wir hier nicht frei reden? Maja wusste es nicht. Als sie eine größere Ausfallstraße erreicht hatten, sagte Benoit leise etwas auf Französisch. Juan bat ihn, doch bitte Englisch zu verwenden, stellte Maja vor und erklärte Benoit, dass sie sozusagen auf der Flucht sei. Genauer als Maja es selbst hätte formulieren können, erläuterte er die Umstände und die Notwendigkeit einer Flucht, erzählte von ihrem eigentlichen Auftrag und dass sie gegen ihre Direktiven gehandelt hatte. Dann drehte er sich zu Maja um und konfrontierte sie mit der nüchternen Wahrheit: „Wir können nicht im Nord bleiben, ich, weil meine Permission abläuft, und Sie, nein, Maja, ich sage Du, und Du, weil Du Dich gegen das System aufgelehnt hast. Es bleibt als sicherer Hafen für uns nur Spitzbergen."

„Ja", sagte Maja nur. Im Gegensatz zu ihren beiden Begleitern, die offenbar in diesem Auto keine Angst hatten, offen zu sprechen, wollte sie weiter auf der Hut bleiben. Aus Höflichkeit Maja gegenüber unterhielten sich die beiden Männer in Englisch, sprachen von gemeinsamen Bekannten, von einem Studienaustausch, bei dem sie sich kennengelernt hatten, eher unverfängliche Themen. Maja hörte zu und achtete auf die Strecke. Es ließ sich nicht übersehen, dass Benoit nur über Nebenstrecken fuhr, Umwege machte.

Juan machte eine Bemerkung, auf die Maja auch selbst hätte kommen können. Er sagte: „Äquator. Das ist doch eigentlich ein *equator*, ein Gleichmacher; im ursprünglichen Sinne teilte er die Welt in zwei tatsächlich gleiche Teile. Und was wir heute erleben, das ist alles andere als gleich."

Benoit lachte und platzte heraus: „Immer noch der gleiche geistreiche Juan! Wie hält deine Freundin es nur mit dir aus?" Maja setzte an, etwas zu sagen, aber Juan kam ihr zuvor: „Nein, nein. Wir sind, also wir sind, wie soll ich sagen, uns zufällig ... " – „Ist klar", sagte Benoit und suchte im Rückspiegel eine Reaktion Majas.

An jeder Kreuzung sank Maja tiefer in ihren Sitz. Überall könnten sie angehalten werden. Und sie könnten der Secura keine plausible Erklärung liefern. Sie atmete tief durch.

Nach zwei Stunden Fahrt über Nebenstrecken erreichten sie Brügge. Das Haus, an dem Benoit anhielt, befand sich direkt neben einer Kirchenruine. Vielleicht ein altes Pfarrhaus, dachte Maja, am Ende ist dieser Benoit auch einer von diesen Religiösen.

Sie stiegen aus und gingen über einen Kiesweg zur Eingangstür des Hauses, ein Ziegelbau, der hübsch aussah, seine besten Zeiten aber hinter sich hatte. Benoit schien verstanden zu haben, dass die beiden kein Paar waren, und wies jedem ein eigenes Zimmer zu.

„Macht euch ein wenig frisch, wenn ihr mögt. Ich erwarte euch dann hier in der Küche. Ihr müsst hungrig sein", sagte er und verschwand in einem Raum neben der Eingangstür.

Kein Restaurantbesuch, keine Bestellung bei einem Lieferdienst. Ungewöhnlich, dachte Maja, und nahm sich vor, alles zu essen, was ihr angeboten würde. Hunger genug hatte sie. Als sie dann an dem gedeckten Tisch saß, war sie positiv überrascht von dem, was Benoit zubereitet hatte. Kräftiges Brot, Butter und echter Ardenner Schinken. Dazu Bier, das Maja zuerst ein wenig zögerlich, dann aber mit Genuss trank.

Nicht nur ihr, auch Juan waren die Strapazen des Tages anzusehen. Nachdem Juan den weiteren Plan erklärt hatte, bestand Benoit darauf, dass sie zumindest einen Ruhetag einlegen sollten, bevor sie die lange Fahrt durch Hollando und Germanio, über Danimarco und Svezio nach Norwegio antraten. Beide stimmten zu. Man verabschiedete sich freundlich voneinander, suchte die Zimmer auf und fiel trotz der Ängste in einen wohltuenden Schlaf.

# Episode 15

*Sejamos simples e calmos, como os regatos e as árvores ...*
*(Seien wir schlicht und ruhig wie die Bäche und die Bäume)*
F. Pessoa

Die Begrüßung am Morgen war herzlich und Benoits Gastfreundschaft ein Geschenk. Nach dem Frühstück fuhr er Maja und Juan an den Strand bei Blankenberge, er selbst machte sich auf den Weg zu einer Werkstatt, wo der Kombi für die lange Reise vorbereitet werden sollte.

Es war das erste Mal nach langer Zeit, dass Maja am Meer spazierte. Ihr Freund Simon hätte sich sofort in das nächste Restaurant gesetzt, um von da die Wellen zu beobachten. Wellen beobachten, das hätte er vielleicht gesagt, aber nicht gemacht. Ihr Freund, das war Maja langsam klar geworden, hielt nicht viel von Natur. Wälder hatte er einmal als Verschwendung bezeichnet und ihr erklärt, was man mit den Flächen alles anstellen könnte. Einer sinnvollen Verwendung zuführen, so hatte er sich ausgedrückt. Ach, Simon Vargas, ich weiß, dass du mich vermisst, dachte Maja, aber wir werden niemals zusammenfinden, jetzt erst recht nicht mehr: Im Süd habe ich etwas kennengelernt, was ich in meinem gesamten Leben im Nord mehr unbewusst als bewusst vermisst habe, ich werde ...

Juan unterbrach ihren Gedankenfluss: „Komm, wir setzen uns auf diese Düne und schauen dem

Meer zu." Allein der Ausdruck amüsierte sie. Die bittere Kälte an diesem Tag Ende November schien Juan überhaupt nicht zu stören. Benoit hatte wohl geahnt, dass die beiden länger am Strand verweilen würden, und hatte sie mit warmen Wollmützen, Schals und Handschuhen ausgestattet.

So saßen sie eine Weile schweigend und schauten auf das weite Meer. Grau wechselte mit Schwarz, Schaumkronen blitzten weiß auf und verschwanden, um neuen Platz zu machen. Größere Wellen vermischten sich mit kleineren. Ein scheinbares Chaos, das vielleicht doch einem geheimen Plan folgte.

Juan, dessen Wangen vom Wind gerötet waren, schien ebenso fasziniert vom Spiel der Wellen. Leise, im Grunde zu leise bei diesem Wind, sagte er, eher wie zu sich selbst: „Ich verfolge diese Welle, die in der Entfernung auftaucht, sie wächst, kommt näher, changiert in tausend Tönen von Grau, dann überschlägt sie sich, bricht zusammen, verströmt sich und scheint rückwärts zu fließen. Eine Welle herauszulösen, sie zu separieren von den Wellen, die unmittelbar darauf folgen, ist kaum möglich. Da drängen wieder andere nach vorne, holen wieder andere ein, überspülen sie ..."

Fasziniert hatte Maja seinen Worten gelauscht. Er drehte sich zu ihr um und sagte: „Diese Gedanken sind nicht von mir. So oder so ähnlich habe ich diesen italienischen Schriftsteller in Erinnerung.

Calvino. Italo Calvino. Wahrscheinlich wirst du nie von ihm gehört haben. Aber ich garantiere dir: Auf Spitzbergen wirst du so vieles finden, was dir in deinem bisherigen Leben ..." Hier unterbrach er sich.

„Ist das hier der Ort, an dem du mir mehr von diesem Pessoa erzählen kannst?", fragte Maja. Juan versprach ihr, in Benoits Pfarrhaus nach Texten des Portugiesen zu suchen. „Wir sind eine eingeschworene Gemeinschaft. Ich bin sicher, dass auch Benoit irgendeine Ausgabe besitzt", gab Juan zur Antwort.

Die Kälte setzte ihnen beiden nun doch zu und sie beschlossen, den Rückweg anzutreten. Schon auf der anderen Seite der Düne, die der Wind nicht erreichte, war es angenehmer.

War es Magie oder hatten die beiden sich abgesprochen? Benoits blauer Kombi bog gerade in eine Parkbucht, hielt an und ein vergnügter Benoit winkte ihnen zu. „Die Mäntel könnt ihr ablegen. Ich habe vorgeheizt", sagte er scherzhaft. Ein wenig feuchter Sand rieselte von den Mänteln auf die Sitze, aber dies schien niemanden zu stören. „Der Wagen ist völlig in Ordnung. Ein Ölwechsel war das Einzige, was ich habe machen lassen. Ihr könnt morgen los."

Die kurze Fahrt zurück nach Brügge verbrachten sie schweigend. Maja empfand es als äußerst angenehm, nicht für irgendjemanden verantwortlich zu sein außer für sich selbst. Sie hörte, wie Juan seinen Freund auf Französisch nach einer Ausgabe von Pessoa fragte. Benoit überlegte einen Moment, war sich nicht sicher, ob er Juans Wunsch erfüllen konnte, versprach aber, zu Hause nachzuschauen.

Die Wärme des alten Pfarrhauses war noch intensiver als die Wärme des Kombis. Und wieder hatte Benoit ein Essen vorbereitet. Wann hat Maja zuletzt eine solche Pastete gegessen? Und der Wein!

Vielleicht lag es am Wein, dass Maja ihre Zurückhaltung ein wenig aufgab und fragte: „Erzählt mir bitte mehr von euren Kontakten, von eurer, wie Juan es nannte, eingeschworenen Gemeinschaft. Und du, Benoit, wie hältst du es aus, im Nord zu leben?"

Benoits Antwort war nicht überraschend: „Das Schlimmste am Nord ist für mich, dass die Menschen nicht mehr zueinander finden. Jede Form von Intimität ist belastet. Pornographie wird bis zum Überdruss konsumiert. Selbst Kinder schauen sich das an und das Resultat: Jungs stehen unter Leistungsdruck, weil sie das sehen und glauben, sie müssten allzeit … na ja, ihr wisst schon. Und Mädchen glauben, Dinge machen zu müssen, die sie gar nicht wollen, die sie aber für normal halten. Tja, hier in Belgio und auch überall sonst findet ihr kaum intakte Beziehungen. Und die hohe Zahl der Selbsttötungen junger und alter Menschen. Das Gefühl der Sinnlosigkeit ist nicht zu übersehen. Man greift in die Natur ein und ignoriert die Konsequenzen, auch wenn sie unübersehbar sind. Und dann das Screening und die Eingriffe bei den ohnehin wenigen Ungeborenen. Sie wollen nur noch Babys zulassen, ihren Normen entsprechen. Früher habe ich an die Ideale, die Parolen geglaubt, mit denen man hier im Nord zugeschüttet wird. Nichts davon ist übriggeblieben.

Irgendwann habe ich mich der Religion zugewendet und bin auf Gleichgesinnte gestoßen. Nach einigem Zögern habe ich mich zum Priester weihen lassen, geheim, wie du dir denken kannst. Wir Priester haben ein weitverzweigtes Netzwerk, überall im Nord leben Unterstützer. Dabei spielt es überhaupt keine Rolle, ob unsere Brüder und Schwestern orthodox, protestantisch, katholisch, Freikirchler oder sonst etwas sind. Früher haben sich Christen, Muslime und Juden bekämpft, wie du wissen wirst. Das ist jetzt vorbei."

Er nahm einen Schluck Wein und überließ es Juan fortzufahren: „Mancherorts konnten Christen dafür sorgen, dass nicht alle Gotteshäuser komplett vernichtet wurden, indem sie argumentierten, die Gebäude seien Teil eines Museumskomplexes, sozusagen Anschauungsmaterial, um künftigen Generationen das zeigen zu können, was sie den überwundenen religiösen Wahn nennen. Von den Synagogen und Moscheen ist, wie du bestimmt weißt, noch weniger übriggeblieben. Was du aber vermutlich nicht weißt, ist, dass zu unserem Netzwerk auch Imame und Rabbis gehören. Wir glauben doch alle an den einen Gott. Wenn also jemand Hilfe braucht, zum Beispiel in Usbekistana oder Albanya, wenden wir uns an unsere muslimischen Brüder. Warum ich das erzähle? Nun, wenn ihr auf eurer Fahrt Probleme in Svezio oder Norvegio habt, stehen euch die protestantischen Brüder und Schwestern zur Seite, ich habe dort die Adressen von mehreren Leuten, auf die Verlass ist."

„Und nicht zu vergessen", warf Juan ein, „die Brüder und Schwestern im Süd, für die der Kontakt lebenswichtig ist."

Sie fasste sich ein Herz und sagte: „Und ich war lange Zeit Teil des Systems." Dann berichtete sie ihren neuen Freunden von ihren Verhandlungen und ihrem Hilfsangebot an die Rohstoffbehörde, von der Raffgier, die sie abgestoßen hatte.

„Es ist nie zu spät, zur Einsicht zu kommen, Maja. Du hast einen sehr mutigen Schritt getan." Es war Juan. Er fuhr fort: „Stell dir vor, dass unser Netzwerk auch Einfluss auf die Erziehung, ja sogar Einfluss auf die Politik des Nord ausüben wird. Der Widerstand, das ist der Regierung und dir sicher bewusst, wird stärker. Überall im Nord gibt es Zellen, durchaus mit unterschiedlichen Zielen, aber grundsätzlich darin einig, dass diesem vordergründig menschlichen, ökologisch sauberen und wirtschaftlich erfolgreichen System die Maske heruntergerissen wird."

Nun gab Maja zu bedenken, dass ihr Chef Delacroix mittlerweile dahintergekommen sein dürfte, dass sie eigene Pläne verfolgte. Er würde Himmel und Hölle in Bewegung setzen, um sie aufzuspüren. Eigentlich müsste sie einen Comput öffnen, Delacroixs Nachrichten anhören, um zu wissen, ob er schon Verdacht geschöpft hatte. Das gleiche, sagte sie, gelte für ihren Freund Simon Vargas. Es sei allerdings so gut wie sicher, dass die Secura sie orten könne, wenn sie einen Comput betätigen würde.

„Nicht unbedingt", sagte Benoit, „im Keller dieses Hauses kannst du deine Nachrichten abhören. Der Raum ist völlig abgeschirmt. Und es müsste sogar möglich sein, ein paar falsche Fährten zu legen, wir haben da so unsere Tricks."

Dann forderte er Maja auf, ihren Comput zu holen.

Alle drei stiegen die sehr steile alte Steintreppe in den Keller hinab. Benoit schloss die Tür, Maja öffnete das Gerät. Wie sie vermutet hatte, fand sie eine Nachricht von Delacroix.

*Delacroix an Forester Li/26. November*

*Maja, was ist los? Haben Sie jetzt einen eigenen Zeitplan? Ich wollte Sie am Gleiter-Terminal begrüßen, doch man sagte mir, dass Sie bereits am Vortag eingetroffen seien. Sie hätten fluchtartig das Terminal verlassen, was auch deshalb glaubwürdig scheint, da Sie sich nicht einmal um das Gepäck gekümmert haben. Sollte ich bis spätestens morgen keine Nachricht von Ihnen erhalten, sehe ich mich gezwungen, trotz Ihrer bisher guten Arbeit das Search Team zu aktivieren.*

*Delacroix*

Maja ging den gesamten Mailordner durch und löschte alle zwölf Mails von Simon Vargas. Nun überlegten die Freunde kurz, wie sie Delacroix beschwichtigen könnten. Sie einigten sich auf folgenden Wortlaut:

*Forester Li an Delacroix / 26. November*

*Musste meine Reise vorziehen, Verwandte hatten mich informiert, dass mein alter Vater gesundheitliche Probleme hat. Daher habe ich mich von Brüssel aus unmittelbar nach Lyon begeben. Leider habe ich es aufgrund der Sorge um meinen Vater versäumt, das Gepäck-Department aufzusuchen. Was mich irritiert, ist, dass mein über 80jähriger Vater trotz seiner jahrelangen Tätigkeit für den EURO-Rat nicht in einem für Offizielle vorgesehenen Bergheim untergekommen ist. Darf ich Sie bitten, dafür zu sorgen, dass mein Vater unverzüglich einem Bergheim zugewiesen wird. Ich melde mich wieder.*

*Forester Li*

Benoit übertrug die Nachricht auf einen Stick, den er in ein anderes Gerät steckte. Dann gab er in eine altertümliche Kommandozeile eine ganze Weile Befehle ein, bevor er das Gerät ausschaltete und den Stick wieder entfernte.

„So", sagte er, „Nachricht gesendet, alle Spuren verwischt."

Dann setzten die Freunde sich wieder an den gemütlichen Küchentisch. Maja sagte, Delacroix werde eine Weile beschäftigt sein, bis er herausfinden würde, dass ihr Vater, der tatsächlich in Lyon gearbeitet habe, unlängst verstorben war. Sie hoffe, dass Delacroixs Search-Teams eine Zeitlang herumirren würden, während sie und Juan längst auf dem Weg in den hohen Norden seien.

Gerne hätte Maja noch mehr erfahren über das Netzwerk, über die geplanten Aktivitäten, die Benoit mit einem Codenamen bezeichnet hatte: Menetekel u parsin. Maja hatte mit den Worten nichts anfangen können und nachgefragt. Juans Erklärungen beunruhigten sie allerdings derart, dass sie in der Nacht kaum Ruhe finden konnte.

## Episode 16:  Zu neuen Ufern

Maja hörte ein Kratzgeräusch, das sie wohl aufgeweckt hatte. Schlaftrunken sammelte sie ihre Gedanken. Heute würden sie Brügge verlassen. Mit Mühe verließ sie ihr Bett, ging zum Fenster und sah, wie Benoit die Scheiben des blauen Kombi von einer dünnen Eisschicht befreite.

Das Waschen und Ankleiden dauerte nicht lange. Sie packte die wenigen Sachen, die sie besaß, in einen Rucksack, stieg die steile Holztreppe hinab, setzte den Rucksack ab und ging nach draußen. Benoit begrüßte sie freundlich, kratzte das hintere Fenster frei und kam zu ihr.

„Das wird ein herrlicher Tag, eiskalt aber sonnig. Ich hoffe, ihr kommt gut voran. Die alte Kiste wird euch nicht im Stich lassen", sagte er und nahm Maja mit in die Küche.

Nun hörte sie Schritte auf der Treppe. Auch Juan war also bereit. Als er die Küche betrat, zeigte er auf eine große Kiste und schüttelte fragend den Kopf. „Ein bisschen Proviant für euch", sagte Benoit lachend, „unterwegs sollt ihr ja an den lieben Freund in Brügge denken. Viel wichtiger aber ist das hier." Er gab Juan einen unscheinbaren Umschlag. „Darin ist ein Code, ein Notfallcode. Wenn ihr in Gefahr kommt, dann setzt ihn ein. Wie das geht, steht in dem Umschlag."

Nach dem Frühstück nahm Maja ihren Rucksack und zog ihren Comput heraus. Sie reichte ihn Benoit und nannte ihm den Zugangscode. Benoit bedankte sich und sagte: „Ich werde mit meinem alten Motorrad nach Ostende fahren, den Comput einschalten und auf der Englandfähre unterbringen. Das müsste reichen, um Delacroix ein wenig abzulenken und aufzuhalten. Wenn er die Secura nach England schickt, seid ihr schon fast in Danimarco. Und, fast hätte ich es vergessen, der Kombi fährt mit Diesel. Im Handschuhfach findet ihr einen Zettel, auf dem alle Tankstellen bis Norwegio verzeichnet sind, wo man noch Diesel tanken kann und nicht nur Strom."

Die Proviantkiste und die beiden Rucksäcke füllten die gesamte Rückbank aus. Benoit drückte beide herzlich, trat einen Schritt zurück und schaute zu, wie sie einstiegen. Juan startete den Motor, versuchte vergeblich das vereiste Seitenfenster herunterzulassen, schaltete in den Rückwärtsgang und fuhr langsam über den Kiesweg auf die Straße. Maja versuchte noch, Benoit zuzuwinken, doch er war schon im Pfarrhaus verschwunden.

Delacroix hatte nicht nur die Secura, sondern auch die Nordwest Militia in Alarmbereitschaft versetzt. Alle Verkehrskameras im Raum Brüssel waren einer sorgfältigen Prüfung unterzogen worden. Ein Video aus einer Tram der Linie 3 wurde ihm vorgespielt. „Das ist sie!", brüllte er. Nach Durchsicht weiterer Überwachungsvideos war ein vollständiges Bild zustande gekommen. Besonders das Video vom Westportal des Parc de Bruxelles zerstreute jeden Zweifel. Die Route des Taxis ließ sich aufgrund der Daten, die der Bordcomputer des Fahrzeugs routinemäßig gespeichert hatte, leicht nachvollziehen, der blaue Kombi wurde schnell einem Benoit Tindemans aus Brügge zugeordnet.

Die Sektion West brauchte anschließend nur vierzehn Minuten, bis das alte Pfarrhaus umstellt war. Sie erhielt Order, in Deckung zu bleiben, bis die Zielperson auftauchen würde. Das erste, was der Einsatzleiter vernahm, war das Knattern eines offensichtlich uralten Motorrads. Man ließ Benoit noch Gelegenheit, über den Kiesweg bis zum Haus zu fahren, dann erfolgte der Zugriff.

Als sich Benoit zögerte, die Haustür aufzuschließen, genügte ein einziger Fußtritt und die alte, mit Schnitzarbeiten verzierte Holztür gab nach. Man unterzog Benoit den üblichen Verfahren.

Er gab sich trotz der starken Blutungen im Gesicht Mühe, eine plausible Erklärung zu liefern. Zwei Fremde hätten um Unterschlupf gebeten, ihn unter Druck gesetzt und zwei Tage lang im Keller eingesperrt. Sie seien vor wenigen Stunden mit seinem Kombi, so viel habe er aus dem Gesprächen entnehmen können, nach Süden gefahren, zur französischen Grenze. Die Frau habe etwas von Lyon gefaselt, einem kranken Vater, mehr habe er nicht verstanden.

Der Einsatzleiter meldete dies an die Zentrale, die wiederum Delacroix informierte, der unverzüglich Search-Teams aktivierte. Er hatte schon zu viel erlebt, um blind den Aussagen eines Mannes zu vertrauen, der in der Kartei des Geheimdienstes als „dringend verdächtig" geführt wurde. Daher schickte er Search-Teams in die entgegengesetzte Richtung, in den Nordwesten und in den Norden.

Juan und Maja hatten bereits die Grenze zwischen Hollando und Germanio überquert und befanden sich auf dem Weg nach Hamburg. Auch wenn Juan versuchte, sich seine Nervosität nicht anmerken zu lassen, so musste er doch zugeben, dass die zunehmende Zahl von Drohnen und Helikoptern am Himmel ihm Sorgen bereitete.

Vielleicht, so dachte er, sollten sie so schnell wie möglich die dänische Grenze überqueren. Aber auch dort hätte die Secura unbegrenzt Zugriffsmöglichkeiten. Zweifellos waren sie aufgeflogen.

Nach weiteren drei Stunden Fahrt, unmittelbar hinter der dänischen Grenze, fuhren sie durch einen Wald, doch dann sahen sie, wie sich ein Helikopter etwa zwei Kilometer entfernt auf die Landstraße niedersenkte. Eine Weiterfahrt war nicht möglich. Wortlos zeigte Juan auf den Helikopter. „Wir müssen hier raus, Maja", sagte er so ruhig, wie er eben konnte.

Beide rissen ihre Tür auf, griffen nach ihren Rucksäcken und liefen in den Wald. Immer weiter liefen sie durch Gestrüpp, über Wurzeln und umgestürzte Bäume. Panik war in Majas Augen. Tausend Gedanken gingen ihr durch den Kopf. Ein altes Dieselfahrzeug, dachte sie, wie konnten wir nur so leichtsinnig sein? So eine ungewöhnliche Kiste konnte doch jeder Anfänger auf den zahlreichen Überwachungskameras ausmachen! Was würde der Nord mit ihr, mit ihnen machen? Gefängnis? Folter? Alles war möglich. Jetzt waren sie Feinde des Systems. Die Militia aus dem Helikopter, durchtrainierte, für solche Zwecke ausgebildete Kämpfer, würden sie schon bald einholen. Aber wie viele Kämpfer fasste ein solcher Helikopter? Es konnten nicht sehr viele sein, das heißt, es bestand eine gewisse Chance zu entkommen, sagte sie sich, glaubte aber selbst kaum daran.

Maja stolperte durch das Unterholz, es schien, als habe sich die Natur mit den Verfolgern verbündet. Kleine Zweige streiften sie, größere schienen auf sie einzudreschen. Vor ihr Juan. Er wartete einige Augenblicke mit gespielter Geduld, bis Maja aufgeholt hatte. Sie nahm tief Luft, als wolle sie die Umgebung aufsaugen. Und trotz ihrer Angst fühlte sie sich geborgen, beschützt von diesem Mann.

Der Wald spuckte sie aus. Sie kamen auf eine Wiese und sahen eine Farm. Sich dort zu verstecken hätte wenig Sinn, aber immerhin könnten sie Benoits Geheimliste aktivieren und Hilfe rufen. Sie schlichen an der Farm vorbei und begaben sich in eine Art Scheune.

Hektisch riss Juan seinen Rucksack auf, nahm sein Mobiltelefon und die Liste. Er reichte sie ihr und bat sie, ihm den dritten Code von oben vorzulesen. Dann schaltete er sein Mobiltelefon an, tippte hektisch die Zahlen und Buchstaben ein und fuhr das Gerät sofort wieder herunter. „Das muss gereicht haben", sagte er, „der Code und ein paar Sekunden reichen, um uns zu orten. Unsere Leute werden uns bald hier rausholen!"

Aber die paar Sekunden, dachte Maja, können doch auch den Search-Teams reichen, uns zu orten. Sie beschloss, nichts zu sagen, weil unübersehbar war, wie nervös Juan war, aber befürchtete, dass Benoit und seine Leute die Fähigkeiten der Überwachungstechnik des Nord unterschätzten.

Eine Weile geschah nichts. Maja verspürte den Impuls, weiter zu rennen, nur weg von hier, wo ihnen die Militia-Kämpfer schon im Nacken saßen. Aber klar, sie mussten dableiben, wie sonst hätten die Leute, die sie zur Hilfe gerufen hatten, sie finden sollen?

Sie horchten auf Geräusche. Viel Zeit hatten sie nicht, bis Militia-Kämpfer sie aufspüren würden. Selbstverständlich würden sie bald Verstärkung anfordern und jeden Meter durchkämmen.

Die Zeit schien zu schleichen. Durch einen Spalt im Holzverschlag der Scheune versuchte Juan die Lage zu beobachten. Es mussten wohl etwa zwanzig Minuten vergangen sein, als er zwei schwarz gekleidete Kämpfer mit schweren Schusswaffen am Waldrand sah. Offensichtlich hatten sich die Kämpfer aufgeteilt und diese beiden waren durch Zufall ihrem Fluchtweg gefolgt.

Einer der beiden feuerte vor der Tür des Farmgebäudes in die Luft. Ein verschreckter alter Bauer öffnete. Der Schwarzgekleidete wird ihn nach zwei Flüchtigen gefragt haben, doch Juan sah nur, wie der Bauer als Zeichen, dass er niemanden gesehen oder gehört habe, hilflos mit den Armen fuchtelte. Die Militia-Männer schienen dem Alten zu glauben und machte sich auf den Rückweg. Juan atmete auf und gab Maja zu verstehen, dass sie zumindest vorläufig nichts zu befürchten hätten.

Juan hoffte, dass ihre Hilfe noch eine Weile auf sich warten ließ, bis die Militia sich wieder ein gutes Stück tiefer in den Wald begeben hätte. Maja saß hilflos auf dem Boden der Scheune. Sie suchte krampfhaft nach einer Lösung, einem Ausweg aus dem Dilemma, in dem sie saßen, konnte aber keinen klaren Gedanken fassen. Vielleicht, ging ihr durch den Kopf, gibt es auch gar keinen Ausweg.

Endlich hörten sie ein Fahrzeug. Ein modernerer Wagen, ein unauffälliger weißer PKW, wie sie im Nord zu hunderttausenden herumfuhren. Der Fahrer des Wagens öffnete seine Tür und winkte ihnen zu. Sie griffen nach ihren Rucksäcken und verließen vorsichtig die Scheune. Trotz der Müdigkeit rannten beide auf ihre Helfer zu. Die hintere Tür sprang auf und Maja und Juan ließen sich auf die Rückbank fallen.

Zunächst wurde kein Wort gewechselt. Der weiße Wagen wendete und fuhr schneller, als es der holprige Feldweg eigentlich zuließ, davon. Jetzt fragte ein freundlicher Mann auf dem Beifahrersitz, wohin sie unterwegs seien. Juan wusste zunächst nicht, ob er wirklich Spitzbergen nennen sollte, und sagte: „Wir wollten durch Norwegio bis nach Kirkenes und von dort nach Spitzbergen!"

Ihr Retter lachte, als er den Namen der Inselgruppe hörte, doch statt weitere Fragen zu stellen, tippte er eine Nachricht in ein altertümliches Gerät, das Maja noch nie gesehen hatte, und wartete. Eine Antwort kam nach etwa drei Minuten. Der Mann drehte sich zu den beiden um und erklärte ihnen, wie es jetzt weiterging: „Also, sie beide befinden sich hier im Süden von Danimarco. Wir werden Sie an die äußerste Spitze des Landes bringen, an einen Fährhafen mit Namen Hirtshals. Von dort werden sie nach Kristiansand in Norwegio übersetzen. Dort wird ein anderes Hilfsteam auf sie warten und sie nach Bergen bringen. Es ist nicht möglich, den gesamten Weg nach Kirkenes zu nehmen. Das wäre zu gefährlich. Sie werden in Bergen auf ein Schiff der Arktiker gehen, auf die Amundsen II, und die lange Fahrt nach Spitzbergen von dort machen."

Juan war ebenso erstaunt wie Maja, wie schnell und wie professionell diese unbekannte geheime Zelle arbeiten konnte. Wer waren diese Leute? Was bewegte sie, Fluchtrouten für Leute wie sie zu finden? Beide waren unfähig zu sprechen. Sie ließen alles über sich ergehen. Die Anstrengung der Fahrt von Brügge, die Verfolgung durch die Militia und die atemlose Flucht durch den Wald hatten sie an den Rand ihrer Kräfte gebracht. Trotz der Aufregung nickten beide schon nach wenigen Kilometern ein.

Auch wenn die Drohnen und Helikopter weniger geworden waren, seit Maja und Juan in den weißen Wagen eingestiegen waren: Die Militia schien ihre Suche weiterhin unmittelbar hinter der dänischen Grenze fortzusetzen, aber mit verminderter Intensität.

Immer wieder wachten die beiden auf, versuchten sich zu orientieren und waren erleichtert, als sie sahen, dass sie sich in Sicherheit befanden. Es war Juan, der allen Mut zusammennahm und fragte: „Entschuldigen Sie bitte, aber verstehen Sie, ich würde gerne wissen, wer Sie sind? Und warum helfen Sie uns?"

Der Mann auf dem Beifahrersitz drehte sich zu ihnen um, lächelte und sagte: „Wir sind nur ein kleiner Teil eines Netzwerks. Es wird Ihnen sicherlich nicht entgangen sein, dass der Nord mit gewissen Schwierigkeiten zu kämpfen hat. Das ist unsere Chance. Im Mittelmeerraum nehmen die Proteste zu. In Amerika formieren sich Widerstandsgruppen und unsere Leute haben es sich zur Aufgabe gemacht, das Menetekel vorzubereiten und zu begleiten." Menetekel – da war es wieder, dachte Juan, jenes Wort aus dem Alten Testament.

Bevor er weitere Fragen stellen konnte, fuhr der Mann fort: „Sie haben unseren Code gewählt, den sie nur von einer einflussreichen Person erhalten haben können. Auch wir wissen nicht, brauchen es auch nicht zu wissen, wer ihnen die Codes übergeben hat. Für uns ist nur wichtig, dass wir verlässlich unsere Arbeit tun, und dazu gehört nun einmal auch eine Fahrt an die äußerste Spitze Danimarcos. Mehr brauchen Sie nicht zu wissen, ist besser so. Auf Spitzbergen wird man Ihnen vielleicht mehr erzählen. Nur so viel noch: Offiziell wird das selbstverständlich totgeschwiegen, doch es sind mehr Menschen, als Sie denken, denen das Leben im Nord sinnlos und leer erscheint und die versuchen, mit allen Mitteln in den Süd zu kommen, was jedoch wegen der ROVER einfach noch nicht möglich ist jetzt. Ich sage bewusst: noch nicht möglich. Wir arbeiten daran." Dann schwieg er und Maja und Juan stellten keine weiteren Fragen.

Nach einer weiteren Stunde Fahrt durch die Dunkelheit kam ein Fährhafen in den Blick. Der Wagen fuhr auf eine Schranke zu, die sich öffnete und den Weg freigab. Das Schiff, vor dem sie anhielten, war nicht sehr groß. Deutlich am Bug zu lesen war „Skagen". Fahrer und Beifahrer zeigten fast gleichzeitig auf das Frachtschiff und forderten ihre beiden Passagiere auf, sich an Bord zu begeben. Nun war es Maja, die das Wort ergriff: „Wer auch immer sie sind, wir danken ihnen von Herzen!" Die beiden Männer nickten. Maja und Juan stiegen aus, nahmen ihre Rucksäcke und machten sich auf den Weg zum Schiff. Ein letztes Mal drehten sie sich zu ihren Rettern um, die jedoch bereits das Hafengelände verließen.

Zwei weiß gekleidete Seeleute nahmen sie am Eingang des Schiffs in Empfang. Es wurden keine Fragen gestellt, man hatte offenbar auf sie gewartet. Einer der Seeleute nahm Majas Rucksack und bat die beiden, ihm zu folgen. Über zwei Eisentreppen gingen sie in den Bauch des Schiffs. Vor einer Kajüte, die die Zahl 12 trug, blieb der Matrose stehen, öffnete die Tür und deutete wortlos an, dass dies nun ihre Unterkunft sei.

Weder Maja noch Juan ließen sich anmerken, dass ihnen der Gedanke, in dieser sehr spartanischen und kleinen Kajüte zusammen übernachten zu müssen, fremd vorkam. Sie würden sich arrangieren müssen. Ein Etagenbett, etwa 60 Zentimeter breit, daneben gerade so viel Platz, dass sich eine Person umkleiden konnte. Dusche und Toilette befanden sich hinter einer Schiebetür auf dem Flur.

Keine komfortable Touristen-Kabine, dachte Maja, sondern eine Mannschafts-Unterkunft. Unbequem, aber das gehörte wohl zur Tarnung. Ohne jede Diskussion warf Juan seinen Rucksack auf das obere Bett und Maja verstand.

Das Schweigen hatte etwas Bedrückendes. Maja durchbrach die Peinlichkeit: „Ich habe einen Hunger wie lange nicht mehr. Wir haben doch seit Stunden nichts mehr gegessen." Juan lachte und sagte: „Du hast Recht, mir geht es genauso. Ich glaube, dass man uns hier nicht gerade wie auf einem Kreuzfahrtschiff versorgen wird, aber irgendetwas wird es schon zu essen geben."

Juan schob die Schiebetür des Toilettenraums zur Seite, wusch sich die Hände und wollte wieder zurück zu Kajüte Nr. 12. Beide mussten lachen, als sie versuchten, ohne sich zu berühren aneinander vorbeizukommen. Dann wusch sich auch Maja die Hände und sie gingen den langen Flur entlang.

Sie nahmen die Eisentreppen und fragten den ersten, dem sie begegneten, ob sie etwas zu essen bekommen könnten. Auch wenn das Schiff nicht sehr groß war, dauerte es eine Weile, bis sie eine Art Kantine gefunden hatten. An einigen Tischen saßen Mitglieder der Besatzung. Sie tranken und rauchten. Einer von ihnen stand auf, hob eine Blechplatte an und begab sich hinter die Essenstheke.

„Etwas Warmes oder Sandwiches?", fragte er. Juan hätte am liebsten „Beides!" gerufen, ließ aber Maja den Vortritt, die um eine Suppe bat. Der Mann hob den Deckel eines silbrigen Behälters, rührte mit einer Kelle darin herum und füllte zwei Teller mit warmer Erbsensuppe, die er mit mehreren Scheiben Brot auf ein Tablett stellte. Juan nahm das Tablett, schaute sich um und ging zu einem Tisch am Fenster. Weder ihm noch Maja war aufgefallen, dass draußen immer noch Dunkelheit herrschte.

Sie nahmen Platz, Juan schob Maja ihren Teller hin. Ihr Anstand gebot es ihnen, die warme Suppe und das Brot nicht so gierig zu verschlingen, wie es ihrem starken Hunger entsprochen hätte. Schon die Tatsache, dass sie, ohne ein Wort zu wechseln, Löffel um Löffel zum Mund führten, hätte einen Beobachter seltsam berührt. Wortlos stand Juan auf, ging noch einmal zur Theke, nahm zwei Gläser und eine große Flasche Mineralwasser. Jetzt erst spürten beide, dass sie seit dem Morgen nichts mehr getrunken hatten. Sie beendeten ihre Mahlzeit, stellten das Tablett mit dem Geschirr auf einen Rollwagen neben der Theke und suchten nach dem Mann, der sie bedient hatte.

Da er nicht zu sehen war, fragte Juan einen der rauchenden Seeleute, wie man es hier mit der Bezahlung hielt. Die Männer lachten und ein älterer Seemann sagte: „Keine Sorge. Hier gelten andere Gesetze. Willkommen auf arktischem Gebiet!"

Maja und Juan bedankten sich und wollten die Kantine verlassen, doch der freundliche Seemann bot ihnen einen Platz an ihrem Tisch an. Sie konnten das nicht ablehnen und nahmen Platz. „Trinken Sie doch etwas mit uns. Wir legen in zwanzig Minuten ab. Meine Männer hier und ich haben Feierabend. Der Rest der Crew kümmert sich in dieser Nacht um alles. Wir sind morgen früh wieder dran."

Er zeigte auf seine Bierflasche, einer der Jüngeren stand auf, begab sich hinter die Theke und kam mit zwei Flaschen Bier zurück, die er mit seinem Feuerzeug öffnete.

Maja fühlte sich an Brügge und das gute belgische Bier erinnert, das sie glücklicherweise nicht abgelehnt hatte. Auch hier in dieser merkwürdigen Umgebung war das Bier, das sie zu ihrem Bedauern aus der Flasche trinken musste, reine Labsal.

Der alte Seemann sagte: „Wenn ihr möchtet, erzählt etwas von euch. Ich heiße übrigens Hektor, aber alle nennen mich Achill. Hier hat jeder einen Spitznamen." Juan schaute Maja an, die ihm zu verstehen gab, dass er beginnen solle.

„Ich heiße Juan und das ist Maja. Sicher wissen sie, oder: sicher wisst ihr, warum ihr uns nach Kristiansand bringen sollt. Ich bin Südler aus Argentinia und Maja ist aus dem Nord. Wir haben uns zufällig kennengelernt und sind uns einig, dass das Leben im Nord nicht unsere Sache ist. Ich war mit Studenten in Oslo und in Rom, die ganze Lebensweise dort hat mich, wie soll ich sagen, abgestoßen, war mir mit jedem Tag mehr zuwider. Maja hat einiges mit ihren Studenten im Süd erlebt und gesehen, wie wir dort leben, wirklich leben. Sie ist ein hohes Risiko eingegangen, weil sie Direktiven der Nord-Regierung missachtet hat. Jetzt sind wir auf der Flucht und hoffen, auf Spitzbergen sicher zu sein."

Der Alte nickte verständnisvoll, sagte aber eine Weile nichts. Auch seine jüngeren Kollegen schwiegen. Dann sagte einer der Jüngeren: „Ich habe meine Jugend auch im Nord verbracht, verbringen müssen, habe stumpfsinnige Arbeiten erledigen müssen, um genug Geld zu verdienen, um mir ein Leben im ach so tollen Nord leisten zu können. Irgendwann bin ich dahintergekommen, dass wir nur ausgenutzt werden, dass man uns ein schönes Leben vorgaukelt, dass man uns mit Brot und Spielen glücklich und zufrieden halten wollte. Konsumieren, konsumieren, konsumieren, das kann doch nicht alles sein, habe ich mir gesagt und bin da raus. Jetzt helfe ich den Arktikern und hoffe, dass das Menetekel bald Wirklichkeit wird."

Erheitert und neugierig schaute Maja einem der anderen Seeleute dabei zu, wie er ein weißes Blättchen aus einem blauen Briefchen zog, einen Tabakbeutel öffnete, gekonnt Tabak auf dem Blättchen verteilte und mit beiden Händen das Ganze hin und her drehte, die obere Kante mit seiner Zunge befeuchtete und behutsam das Papier zusammenrollte. Dann zupfte er am oberen und unteren Ende des kleinen Kunstwerks Tabakfäden heraus, betrachtete sich das Ganze und steckte die Zigarette in den Mund. Er entzündete ein Streichholz, steckte die Zigarette an, zog an ihr und blies den Rauch ganz ruhig aus.

Nie in ihrem Leben hatte Maja einem solchen Schauspiel beiwohnen können. Sie war fasziniert, auch wenn der Rauch nicht dem entsprach, was sie als angenehm empfand. Dennoch war ihre Faszination so groß, dass sie den Rauchvorgang weiter verfolgte. Ob sie selber einmal …

Der Alte unterbrach ihre Gedanken: „Es werden bessere Zeiten kommen. Die Politiker des

Nord spüren allmählich, dass sie ihre Bevölkerung nicht ewig im Griff halten können. Die asiatischen Regierungsvertreter haben sich bereits dazu hinreißen lassen, von Lockerungen zu sprechen. Insbesondere die ständige Überwachung durch Surveillance-Kameras wurde in einigen Städten abgeschafft, nachdem die Kosten für die Reparatur der immer wieder sabotierten Kameras immer stärker gestiegen waren. Ja, die Verhandlungen sind bereits im Gange, aber man wird abwarten müssen, wie ernst der Nord die Klagen der Menschen nimmt. Macht hat immer auch etwas mit Angst zu tun. Und die haben Angst, ihre Macht zu verlieren, all ihre Privilegien aufgeben zu müssen. Die Angst dieser Leute hatte zuerst zu einer noch stärkeren Kontrolle durch die Sicherheitsorgane geführt. Doch dann stellten sie fest, dass die Proteste ohne jede Gewalt abliefen." Hier musste der Alte lachen. „Friedliche Demonstranten festnehmen zu lassen, macht sich nicht so gut! Wir werden sehen." Er nahm einen tiefen Schluck aus seiner Bierflasche und lächelte Maja und Juan zu. „Ihr werdet Zeugen einer gewaltigen Veränderung sein. Ich hoffe, dass ich selbst das auch noch miterleben darf."

Ohne irgendein Signal hatte die Skagen abgelegt. Maja und Juan bedankten sich für die freundliche Bewirtung und verabschiedeten sich. Auf dem Weg zu ihrer Kabine dachten beide darüber nach, wie sie den an sich unkomplizierten Vorgang des Zubettgehens organisieren könnten.

In der Kabine schlug Juan vor, dass Maja als erste duschen könne. Maja wollte ihm den Vortritt lassen. Schließlich einigten sie sich darauf, dass er sich zur Nacht fertig machen solle, bevor sie sich in aller Ruhe den Luxus einer Dusche gönnen werde.

Als Juan fertig war, kletterte er auf das obere Bett, betete wie jeden Abend, drehte sich zur Wand und wartete auf Maja, um ihr eine gute Nacht zu wünschen. Das heftige Schlingern des Schiffs, dessen Route zwischen Skagerrak und Kattegat verlief, hätte vielen anderen den Schlaf geraubt. Doch Maja und Juan fanden schnell zu einem tiefen Schlaf.

Und so hörten sie nicht den Lärm der beiden Hubschrauber, die mit eingeschalteten Suchscheinwerfern jede Meile des Meers überflogen, sich langsam der Skagen näherten, dann aber wegen einer Front mit heftigem Regen und Sturm abdrehten. Auch hätte es sie sehr beunruhigt zu wissen, dass die Secura auf Drängen von Delacroix die Suche nach den beiden Abtrünnigen, wie sie im offiziellen Jargon genannt wurden, ausgedehnt hatte. Nie würden sie erfahren, dass die Studenten Dr. Forester Lis in kürzester Zeit ausfindig gemacht, aus ihren Wohnungen gezerrt und in die Verhörräume der Secura geschleppt worden waren, wo sie einzeln verhört wurden. Da jeder Einzelne von ihnen immer wieder übereinstimmend beteuerte, dass ihre Vorgesetzte nur von einem Besuch bei ihrem kranken Vater in Dijon oder Lyon gesprochen hatte, verzichtete die Secura auf „Stufe 3" und sah von weiteren Verhören ab.

Die Suche wurde, soweit das Wetter es zuließ, noch eine Weile fortgesetzt, bis Delacroix auf Drängen Hedda Strindbergs aufgab und die Überwachung der nördlichen Meere einstellen ließ.

## Episode 17:  Das neue Ufer

Am Morgen lief die Skagen schon in Kristiansand ein. Die beiden hatten nur kurz schlafen können. Juan hatte diesmal Maja den Vortritt gelassen, bevor er sich anzog. Sie nahmen ihre Rucksäcke und begaben sich in die Kantine. Eine Frau stand hinter der Theke, lächelte freundlich und fragte nach ihren Wünschen. Beide begnügten sich mit einem heißen Kaffee, denn durch das Fenster der Kantine sahen sie auf dem Kai schon einen schwarzen Jeep stehen, der offensichtlich auf sie wartete. Die wenigen Seeleute, die zu sehen waren, erkannten sie als ihre Gesprächspartner vom vergangenen Abend. Sie hatten also schon Dienst. Man verabschiedete sich freundlich.

Maja und Juan verließen das Schiff und stiegen in das bereitstehende Fahrzeug ein. Zwei Männer begrüßten sie und erklärten, dass ihre Fahrt nach Bergen wegen des heftigen Schneefalls der vergangenen Nacht etwas länger dauern werde. Maja war dennoch verwundert, mit welcher Geschwindigkeit der Jeep über die schneebedeckten Straßen fuhr. Der Mann auf dem Beifahrersitz legte eine CD ein und alle genossen eine angenehme Mischung aus Rhythm&Blues und Folk-Musik.

Würden sie auch an diesem Tag erst am Abend auf ein Schiff gehen? Die Landschaft Südnorwegios war atemberaubend. Die zugeschneiten Wälder, durch die sie fuhren, hatten etwas seltsam Beruhigendes. Nach etwa drei Stunden hielten sie an einer in der typischen roten Farbe gestrichenen Hütte, wo sie und ihre Fahrer Sandwiches und Kaffee zu sich nahmen.

Nach weiteren etwa vier Stunden Fahrt erreichten sie Bergen. Die beiden Fahrer hatten die ganze Zeit kein Wort mehr gesprochen, nur die Musik begleitete die Fahrgeräusche des Jeeps. Eine abschüssige, vereiste Straße, die sie sehr langsam herunterfuhren, endete an einem langen Kai. Und dort lag sie vor Anker: die Amundsen II.

Im Gegensatz zur Skagen war dieses Schiff gewaltig. Vermutlich, dachte Juan, würden auch die zahlreichen Container auf dem Kai mit ihnen die Fahrt nach Spitzbergen machen. Waren es Büchercontainer, enthielten sie Kunstwerke?

Mittlerweile hatten Juan und Maja schon eine gewisse Routine entwickelt. Sie verabschiedeten sich von den Jeepfahrern, stiegen das Fallreep hinauf.

Ein sehr junger Mann stellte sich als Kapitän

des Schiffes vor und Maja lächelte heimlich, als er den eher aus alten Filmen für Seeleute geläufigen Namen Hansen nannte. Hansen also erklärte ihnen kurz, was in den kommenden Tagen an schlechtem Wetter auf sie zukommen werde; dann wies er einen seiner Crew an, den beiden Passagieren ihre Kabinen zu zeigen. Sowohl Maja als auch Juan waren sichtlich erleichtert, dass sie sich für die lange Seereise nicht eine der auch diesmal sehr engen Kabinen teilen mussten.

Auch der Platz in der Dusche war wieder sehr knapp bemessen, doch Maja freute sich darüber, dass trotz der Enge ein flauschiger Bademantel für sie bereithing. Der junge Seemann hatte sie darüber informiert, dass man sich auch um ihre Wäsche kümmern werde. Außerdem gebe es eine Kleiderkammer, aus der man sich bedienen könne.

Eine halbe Stunde später klopfte es an beiden Kabinentüren. Ein Seemann mit starkem grauem Bart bot ihnen an, sie mit dem Schiff vertraut zu machen, das für die nächsten Tage ihr Zuhause sein würde. Obwohl beide von der Idee nicht sehr begeistert waren, ließen sie sich führen. Juan gab Maja zu verstehen, dass sie sich doch bitte den recht komplizierten Weg zum Restaurant einprägen solle. Er sei bereits mit den ersten Erklärungen des Mannes überfordert gewesen.

Das Abendessen nahmen sie von einem erstaunlich üppigen Buffet ein. Einer der Servicekräfte hinter der Theke erklärte ihnen, dass alle Produkte aus dem Anbau auf Spitzbergen stammten. War Spitzbergen nicht nur eine Ansammlung von Felsen und Eis?

Auf der langen Reise hatten Maja und Juan Gelegenheit, einander besser kennenzulernen. Maja war auf ihrem Gebiet der Bio-Ethnologie eine Koryphäe, verbarg aber ihre Bewunderung für das breit gefächerte Wissen Juans nicht. Sie ließ sich wie eine Schülerin informieren, unterweisen, ja sogar belehren. Er entschuldigte sich, als er den Eindruck hatte, sein Gesprächsanteil sei unverhältnismäßig hoch. Aber Maja beruhigte ihn und bat ihn, ihr so viel wie möglich beizubringen.

„Wir sind nun einmal sehr unterschiedlich erzogen und ausgebildet worden", sagte Maja, „bei uns im Nord ging es um Effizienz, alles scheinbar Nutzlose wurde als überflüssig weggelassen. Dazu gehörte Literatur, insbesondere Gedichte, dazu gehörte auch Kunst, obwohl man wusste, dass Kinder gern malen und überhaupt gern kreativ sind. Latein, Griechisch oder sogar Hebräisch gab es einfach nicht. Also, Juan, nur raus damit! Zeig mir so viel, wie du nur kannst."

Am zweiten Abend der Reise, als sich beide von der nächtlichen Übelkeit aufgrund des Seegangs ein wenig erholt hatten, saßen sie in der Lounge auf dem Oberdeck, in der sich auch ein überdimensionaler TV-Screen befand. Er war ausgeschaltet, da sich niemand an Bord für die ausgestrahlten Programme zu interessieren schien. Hier hatten sie ihre Ruhe. Sie saßen allein auf riesigen roten Polstersesseln, die im Boden verankert waren. Die Kleidung, die beide sich in der Kleiderkammer hatten geben lassen, war zweckmäßig, aber eher für arktische Landausflüge von Touristen gedacht. Mit ihrer alten Kleidung hatte, so dachte Maja, sie wieder ein Stück ihrer alten Identität abgelegt.

Sie fühlte sich wie ein Kind, das seinen zehnten Geburtstag feierte, als Juan ein Buch hinter seinem Rücken hervorholte. Er hatte es hinten in seiner Hose versteckt und bis zu diesem Augenblick vor ihr verborgen. Nun reichte er ihr das Buch und sie las auf dem Cover: PESSOA.

„Es gehört jetzt dir", sagte Juan feierlich. Der Name Alberto Caeiro stand unter dem Namen des Autors und Juan erklärte ihr, dass es sich um eines der vielen Heteronyme Fernando Pessoas handelte.

Maja schaute Juan an und bedankte sich herzlich, dann öffnete sie das Buch und las ein paar Zeilen des portugiesischen Originals, bevor sie leise, aber vernehmlich die englische Übersetzung auf der rechten Seite vorlas: „Nie habe ich Herden gehütet, und doch ist es, als hütete ich sie. Meine Seele ist wie ein Hirte, kennt den Wind und die Sonne und geht an der Hand der Jahreszeiten, folgt ihnen und schaut. Aller Friede der menschenleeren Natur setzt sich mir zur Seite."

Es entging Juan nicht, dass Majas Augen feucht wurden. Sie legte das Buch auf die Lehne ihres Sessels, stand auf, nahm Juans Kopf in beide Hände und gab ihm einen Kuss auf die Stirn. Dann nahm sie wieder Platz und hielt das Buch an ihre Brust.

Als Juan sich von der überraschenden Geste erholt hatte, sagte er: „Eine eingeschworene Gemeinschaft! Ich hatte es dir angekündigt. Natürlich hatte Benoit eine Ausgabe von Pessoa, aber ich muss gestehen, dass ich sie erst auf unserer ersten gemeinsamen Schiffsreise ganz tief in meinem Rucksack gefunden habe. Ich bin sicher, du wirst die Zeilen verschlingen. Und dann wirst du erkennen, ich traue mich das zu sagen, was man euch im Nord alles vorenthalten hat."

In den folgenden Tagen und Nächten war Maja tief eingetaucht in die Welt der Poesie. Ja, die Verse hatten sie so ergriffen, dass sie die wenigen hellen Stunden oder Minuten nördlich des Polarkreises dazu nutzte, dickvermummt dort zu verbringen, wo ironischerweise das Wort „Soldekk" in großen Lettern zu lesen war. Und sie machte es zu ihrem Sonnendeck. Und schaute. Die gelben Lichter weit entfernt. Alesund? Oder die Lofoten?

In der letzten Nacht an Bord lag sie wach und dachte nach. Jetzt erst fiel ihr auf, dass sie schon länger ihre Routine des Tagebuchschreibens aufgegeben hatte. Seit sie Benoit verlassen hatten, war es ihr nicht in den Sinn gekommen, irgendetwas schriftlich festzuhalten.

Sie wollte nicht mehr einschlafen, da man ihnen mitgeteilt hatte, dass sie am Morgen des siebten Tages in Longyearbyen anlegen würden.

Schon weit vor der Inselgruppe hatte die Amundsen II ihre Fahrt verlangsamt. An Deck zu gehen war bei dem heftigen Wind wohl nicht ratsam. Außerdem herrschte auch jetzt, kurz nach acht Uhr, noch völlige Dunkelheit.

Es dauerte noch ein oder zwei Stunden, bis ein Signalhorn ertönte. Ein leiser Fanfarenklang, der mein neues Leben ankündigt, dachte Maja in ihrer Kabine.

## EPISODE 18: Am neuen Ufer

Es war Victor, der sie am Kai in Empfang nahm. Er fuhr sie in die gleiche Herberge, in die man auch Immo Keupers an seinem ersten Tag gebracht hatte. Obwohl sie die Kleidung aus dem Schiff trugen, froren sie, Juan noch stärker als Maja, und waren umso glücklicher, als die Wärme der Unterkunft sie umfing.

Victor lud sie ein, mit ihm im Speisesaal einen Kaffee zu nehmen. Als sie Platz genommen hatten, sagte er: „Ihr werdet euch wundern, woher wir hier von euch wussten. Aber unterschätzt mal unsere zahlreichen Netzwerke nicht. Ein Rescue Team hat uns informiert. Ich darf euch herzlich willkommen heißen. Mein Name ist Victor, aber morgen früh wird euch Milan Mator begrüßen, er ist hier so etwas wie, na ja, ihr werdet es sehen. Er wird euch jedenfalls so viel von Spitzbergen zeigen, wie ihr möchtet."

„Wir bedanken uns für eure freundliche Aufnahme, auch wenn wir nicht wissen, wie jetzt alles weitergehen soll", sagte Juan.

Victors Antwort kam prompt: „Jeder hier auf unserer Inselgruppe ist völlig frei. Das gilt auch für euch. Die meisten allerdings wollen gerne etwas Sinnvolles tun und fügen sich in unseren Arbeitsalltag ein. Ich nehme an, dass du, Maja, sehr an unserem Global Seed Vault interessiert bist. Dieses Saatgutlager kannst du gern besichtigen. Vielleicht hast du als Bio-Ethnologin sogar Lust dort mitzuarbeiten. Aber ihr könnt erst einmal zur Ruhe kommen, solange ihr wollt."

Der Kaffee schmeckte ausgezeichnet. Victor bot den beiden eine Zigarette an. Sie lehnten ab, betrachteten aber mit großem Interesse, wie genussvoll Victor inhalierte. Juan ergriff das Wort: „Und wo befinden sich die Literaturspeicher, von denen man im Süd erzählt? Vielleicht hätte ich ja Gelegenheit, mich dort nützlich zu machen. Aber natürlich nur, wenn das erwünscht ist."

„Das entscheidet Milan, den ihr morgen kennenlernen werdet. Aber als Theologe bist du sicher prädestiniert dort mitzuhelfen."

Nach etwa zwanzig weiteren Minuten verabschiedete sich Victor, erklärte ihnen, dass ihnen das Restaurant und natürlich die Zimmer zur Verfügung standen. Maja und Juan schauten ihm nach, bis er in seinem SUV verschwand. Nun suchten sie ihre Zimmer auf, was bei der geringen Zahl an Zimmern keine große Schwierigkeit bereitete. Sie öffneten aufs Geratewohl Zimmertüren und vermuteten richtig, dass die beiden nebeneinander liegenden Zimmer für sie vorgesehen waren, da auf beiden Betten Thermokleidung in gewöhnungsbedürftig grellen Farben lag. Die beiden zogen sich in ihre Zimmer zurück.

Maja ertappte sich dabei, dass sie davon ausgegangen war, sie würde mit Juan ein Zimmer teilen. In ihrer langen Ausbildung und während ihrer Berufsausübung hatte sie allerdings gelernt, solche Bedürfnisse hintanzustellen. Doch auch unter der Dusche musste sie an Juan denken, dem sie so viel zu verdanken hatte. Die heiße Dusche, die wohlige Wärme des Hauses, der freundliche Empfang durch Victor, all das genoss sie und fühlte sich außerordentlich wohl.

Nach einigen Minuten klopfte es an der Tür und Juan fragte, ob sie einverstanden sei, in einer Stunde zum Abendessen zu gehen. Natürlich war sie einverstanden, warf sich wie ein Teenie auf ihr Bett und griff nach dem einzigen Buch, das sie besaß. Sie las einige der Gedichte, doch immer wieder fielen ihr die Augen zu. Zur Ruhe kommen. Solange ihr wollt. Der Saatgutspeicher. Und Juan.

Als sie gegen 18 Uhr das Restaurant betraten, erklangen sehr angenehme Töne, die aus kleinen Lautsprechern an der Zimmerdecke kamen.

„Mozart", sagte Juan leise. Maja lächelte. Die Musik gefiel ihr. So harmonisch, so heiter.

Ein junger Mann bediente sie. Ohne lange zu überlegen, bestellte Maja ein großes Bier. Juan hatte nun schon seit Wochen keinen Wein mehr getrunken, wie er es aus seiner Heimat gewohnt war. Also bat er um einen kräftigen Rotwein.

Der Kellner brachte ihnen das Gewünschte und empfahl ihnen ein Fischgericht, das beide auch nahmen. Zum ersten Mal seit ihrer gemeinsamen Reise prostete Juan seiner Begleiterin zu: „Auf dein Wohl! Und auf unsere erfolgreiche Flucht!" Maja erhob ihr Bierglas und stieß mit Juan an. Dabei schaute sie ihn lange an.

Das Abendessen war genau nach ihrem Geschmack: Mehr Fisch, als sie beide verspeisen konnten, dazu frisches Gemüse. Gemüse auf Spitzbergen. Da beide keine große Lust verspürten, sich schon voneinander zu verabschieden, winkten sie dem Kellner und Juan fragte nach Calvados. Der Kellner lächelte. Er brachte eine Flasche Calvados und Juan wunderte sich, dass man ihnen hier auf diesem eisigen Eiland sogar die passenden Calvados-Gläser präsentierte.

„Die wissen zu leben!", rief er voller Freude aus und goss beiden ein kleines Glas ein. Nun war es Maja, die ihr Glas erhob und Juan zuprostete: „Auf meinen Retter! Ich danke dir für alles." Maja hinderte ihn daran, etwas zu sagen, indem sie ihm ihren Zeigefinger auf den Mund legte.

Beide tranken den leckeren Schnaps. Maja musste lachen, weil sie solch übermäßigen Alkoholgenuss zum letzten Mal während ihres Studiums erlebt und erlitten hatte. Da sie, was Alkoholika betraf, eine recht große Bildungslücke hatte, rief sie, ein wenig angeheitert, lachend aus: „Das schmeckt ja nach Apfel!" Nun lachte auch Juan.

Nach dem dritten Calvados war Juan im Gegensatz zu Maja noch besonnen genug, zum Aufbruch zu mahnen. Maja stimmte ihm zu, war aber froh, dass Juan sie behutsam am Arm fasste und sie trotz ihres leichten Schwankens sicher in ihr Zimmer brachte. Jetzt erst fiel beiden auf, dass es weder ein Zimmerschloss noch Schlüssel gab.

Maja begnügte sich damit, ihre Schuhe abzustreifen, und legte sich sofort hin. Juan fiel es etwas leichter, sich zur Nacht fertig zu machen, auch wenn er auf das Zähneputzen verzichtete.

Am nächsten Morgen saß Juan bereits über eine Stunde bei einem starken Kaffee im Frühstücksraum, als eine blasse Maja den Raum betrat, statt einer Begrüßung nur mit dem Kopf nickte und sich in einen der Stühle fallen ließ.

Die ersten Minuten saßen sie schweigend da. Juan aß ein Brot mit bräunlichem Käse, norwegischem Käse, wie ihm der Kellner erklärt hatte. Maja verlangte nach einem Glas Wasser, bevor sie sich einen Kaffee zutraute.

Der Kellner kam an ihren Tisch und sagte ihnen, dass Milan Mator in Kürze eintreffen werde. Jetzt gelang es Maja, die ersten Sätze zu artikulieren: „Es war ein wunderschöner Abend, aber von diesem starken Alkoholzeugs sollte ich lieber die Finger lassen."

Juan lächelte und berührte leicht ihre Hand: „Man muss manchmal einem Impuls nachgeben, auch wenn die Folgen klar sind."

Er nestelte in einer der Taschen seiner Cargohose und fand Aspirin, das er vorsorglich aus seinem Rucksack für Maja eingesteckt hatte. Sie drückte zwei Tabletten heraus, steckte sie hastig in den Mund und spülte sie mit Wasser hinunter.

Ein Mann kam auf ihren Tisch zu und sagte: „Ich bin Milan, Milan Mator, aber ihr habt euch sicher schon daran gewöhnt, dass wir hier nur Vornamen benutzen. Darf ich?"

Juan wies mit der Hand auf einen freien Stuhl und Milan nahm Platz. „Du bist also Maja, die Bio-Ethnologin, und du, Juan, bist der Reisende aus dem Süd. Wir freuen uns, dass ihr den Weg zu uns gefunden habt, und ich verspreche euch, ihr werdet es nicht bereuen. An die Kälte und die Dunkelheit werdet ihr euch schnell gewöhnen. Ich habe für euch, natürlich nur, wenn ihr das wünscht, ein kleines Programm zusammengestellt. Jetzt, nach eurem Frühstück, zeige ich euch den Saatgutspeicher, von dem ihr sicher gehört habt. Dann fahren wir nach Pyramiden, einem alten Kohleort, der uns mit seinen zahllosen verlassenen Gängen und Schächten als Literaturspeicher dient."

Mittlerweile hatte der Kellner auch ihm einen Kaffee gebracht, den er genussvoll trank. Mit einer gewissen Selbstverständlichkeit drehte er sich eine Zigarette, zündete sie mit einem Streichholz an, nahm einen kräftigen Zug und fuhr fort: „Ich weiß nicht, ob ihr schon einmal von einer Insel namens Jan Mayen gehört habt. Eine Insel, noch ein Stück weiter im Norden, die wir ausschließlich dafür nutzen, eine strategische Operation vorzubereiten. Menetekel soll ohne Gewalt ablaufen, aber diese Unternehmung wird wohl leider nicht ganz friedlich vonstattengehen. Eure Geschichte lässt mich vermuten, dass ihr uns helfen werdet oder dass ihr zumindest mit dem Ziel der gesamten Operation einverstanden seid. Daher verrate ich euch einige Details. Das Ganze wird am 8. Mai über die Bühne gehen. Ihr müsst wissen, dass schon jetzt Vertreter der Arktiker in den Nord aufgebrochen sind, um auf verschiedenen Ebenen Einfluss zu nehmen. Wir werden an diesem D-Day gleichzeitig alle Widerstandszellen aktivieren, die, wie gesagt, möglichst ohne Anwendung von Gewalt operieren werden."

Maja und Juan beobachteten, wie die Zigarette nach und nach herunterbrannte, wie Asche auf den Tisch fiel, ohne dass Milan Anstalten machte, weiterzurauchen. Stattdessen warf er den noch glimmenden Rest einfach auf seine Untertasse. Offensichtlich war er völlig absorbiert in der Planung des D-Day.

Maja sah ihn fragend an und sagte: „Dieses Menetekel, was genau bedeutet das?"

Juan wollte zu einer Erklärung ansetzen, aber er ließ Milan den Vortritt:

„Im Alten Testament im Buch Daniel schreibt eine göttliche Hand die Worte *Mene mene tekel u parsin* an die Wand des Palasts des Königs der mächtigen Chaldäer. Die Worte bedeuten in etwa soviel wie: *Gezählt hat Gott die Tage deiner Herrschaft, gewogen und zu leicht befunden.* Für uns bedeutet das: Die Tage der Teilung, die Tage des brutalen, menschenverachtenden Nord sind gezählt."

Maja erinnerte sich an die Worte des Altmenschen in Comodidad.

Nach diesem ersten Kennenlernen fuhren sie in einem gut beheizten Jeep über schneebedeckte Straßen und ließen Longyearbyen hinter sich. Das gleißende Weiß ringsum kam Maja wie die Verheißung eines anderen, besseren Lebens vor.

Maja und Juan waren fasziniert, nicht nur von der überwältigenden Natur Spitzbergens, sondern auch von den überdimensionalen, jede Vorstellungskraft sprengenden Speichern. Maja erklärte sich bereit, im Global Seed Vault mitzuarbeiten. Sie wurde von zwei Wissenschaftlerinnen instruiert und schon bald war ein Betätigungsfeld für sie gefunden.

Sie bezog eine Unterkunft in unmittelbarer Nähe des Saatgutspeichers, und erst, nachdem sie mehrere Tage mit Mitgliedern ihres Teams verbracht hatte, wurde ihr schmerzlich bewusst, dass Juan viele Kilometer weiter nördlich in Pyramiden untergebracht war, wo er mit einem Immo Keupers zusammenarbeitete. Die gelegentlichen Telefonate waren ein schwacher Trost für die Trennung, die sie von Tag zu Tag als schmerzlicher empfand.

Doch die Arbeit tröstete sie. Schnell hatte sie eine Aufgabe gefunden. Gemeinsam mit Elenor White und Pjotr Dimitrov hatte sie sich der Erforschung hitzeresistenter Samen gewidmet und es war ihr sehr bald gelungen, das Vertrauen ihrer neuen Kollegen zu gewinnen. Ein erster Durchbruch gelang ihr, als ein Team auf ihr Anraten hin Saatgut aus Kenia mit Hilfe des Splicing und des Scissoring mit kanadischem Weizen kombinierte. Dies würde ungeahnte Möglichkeiten für bestimmte Weltregionen bedeuten.

Der Februar war ebenso kalt wie die Wochen zuvor, doch die Tage wurden schon länger, nicht viel, aber immerhin so viel, dass Juan es zu bemerken glaubte.

Seine Einsatzstelle war etwas problematischer als die Majas. Zwar akzeptierte Immo Keupers ihn aufgrund seiner theologischen Kenntnisse, aber es hätte noch mehrerer Wochen bedurft, bis Juan selbstständig eigene Forschungen im Literaturspeicher hätte durchführen können, wenn die beiden Patres ihn nicht unterstützt und als einen der ihren aufgenommen hätten. Und so näherten sich auch Immo und Juan immer weiter an.

Maja hatte vorgeschlagen, dass sie zumindest die Wochenenden gemeinsam in ihrer ersten Unterkunft in Longyearbyen verbrachten. Schon Tage zuvor freute sich Maja, endlich wieder Gespräche mit ihrem Retter führen zu können. Auch Juan genoss die aufgrund der Kälte kurzen Spaziergänge und die Stunden mit Maja.

Diese Routine hielten sie auch im März und April bei. An einem Freitag im April überraschte Juan sie, als er einen Besucher mitbrachte. Es war Immo Keupers. Alle drei verbrachten einen anregenden Abend miteinander, erzählten ihre Lebensgeschichten, wobei die beiden Männer wie alte Kumpel zahlreiche Biere tranken, während Maja sich mit einem oder zwei Gläsern Wein begnügte.

Es war Immo, der ihnen weitere Details über den D-Day erzählte. Maja wurde sehr nachdenklich und äußerte ihre Bedenken. Ob sich denn ein Chaos vermeiden lasse, ob wirklich alles fast ohne Gewalt ablaufen könne, ob der Nord nicht mit allen Mitteln versuchen werde, die Macht aufrechtzuerhalten?

Dann kam der Mai ...

# Keine Episode 19: After Menetekel-Day

ROVER-ZENTRALE IN DER GEWALT DER ARKTIKER – ROVER INAKTIV – GRENZEN OFFEN

„Wir können die vielen Flüchtlinge aus dem Nord unterbringen. Die Bevölkerung des Süd nimmt sie mit offenen Armen auf"

„Edda Strindberg erklärt sich damit einverstanden, dass die Kulturspeicher auf Spitzbergen geleert werden. Museen und Bibliotheken werden ihrer alten Bestimmung zugeführt und der Öffentlichkeit zur Verfügung gestellt"

FRIEDLICHE DEMONSTRATIONEN IM MITTELMEERRAUM

„Wir Südler Australias schicken Rettungsboote. Wir lassen nicht zu, dass hunderte Menschen auf der gefährlichen Fluchtroute von Indonesio ihr Leben verlieren"

„Melina Jörgens und Lena Engstroem aus dem Hohen Rat ordnen die Freilassung aller politischen Gefangenen an"

„Wir schießen nicht auf friedliche Demonstranten! Erst recht nicht auf die Gläubigen bei den Marienprozessionen in Polonio"

## GLAUBENSGEMEINSCHAFTEN BIETEN AUFLÖSUNG AN

„Milan Mator und andere Arktiker haben freien Zugang zu TV-Stationen. Ab dem 16. Mai genehmigt der Hohe Rat, dem jetzt auch Südler und Arktiker angehören, erste Übertragungen der Wiedervereinigung"

## BERLIN-LYON FRAKTION ÜBERNIMMT VORSITZ IM EURO-ASIA-RAT

„Der Hohe Rat bittet Christen, Juden und Moslems, ihre Gotteshäuser als Angebot offenzuhalten. Er begrüßt die Äußerungen der Religionsvertreter, dass keinerlei Zwang auf Gläubige ausgeübt wird. Finanzielle Unterstützung wird zugesagt"

## SECURA AUFGELÖST – ALLE MITARBEITER FÜR STAATLICHE SICHERHEITSAUFGABEN UND VERKEHRSKONTROLLE ÜBERNOMMEN

Das Programm „Wohnungstausch" ist angelaufen. Menschen aus dem Süd tauschen mit Familien aus dem Nord ihre Wohnungen

Städte- und Schulpartnerschaften ein überragender Erfolg

Aufgrund der aufgetretenen Krankheitsfälle Verzicht auf Meteo-Bomben. Stattdessen Wiederaufforstung und Freigabe von Spezies des Süd für den Nord

GLEITER-TERMINALS JETZT AUCH IM SÜD

Freie Wahlen weltweit. Libertá liegt im Nord weit vorn, im Süd Prognosen von 67 Prozent für die Partei TOGETHER

Alle Texte, TV-Programme und Nachrichten in Englisch und Spanisch

Moscheegemeinden mit großem Zulauf

WIEDERVEREINIGUNGSFEIERN WELTWEIT

Militärausgaben auf Null

DESERTIFIKATION IN DER SAHARA IMMER STÄRKER – VERZICHT AUF KÜNSTLICHE METEO-EINGRIFFE

Die ersten Bio-Farmen im Nord nehmen ihre Arbeit auf. Beraterinnen und Berater aus dem Süd und aus Spitzbergen unterstützen sie

Neuartiges Saatgut aus Spitzbergen gedeiht hervorragend

Wölfe und Bären erfolgreich auch im Nord wieder angesiedelt

Die Berg-Heime der Oberschicht des Nord stehen rückgeführten Altmenschen zur Verfügung

Synagogen und Kirchen erleben Besucheransturm

„Kinder, hört euch diese wunderbare Musik an. Der Macher dieser Musik heißt Johann Sebastian Bach. Und macht es wie ich, lernt ein Instrument!" (Frau Ritzinger)

Edda Strindberg zurückgetreten

„Das sind Frösche, keine Angst! Sie sind äußerst nützlich. Jetzt gibt es sie auch wieder im Nord" (Maja Forester Li vor Studenten des Nord)

„Wir raten Ihnen, möglichst oft Treppen zu benutzen und vielleicht zunächst mindestens zweimal pro Woche eine Strecke zu Fuß zu gehen" (Pater Clemens, Gesundheitsminister von Nordatlantika)

Erste Dichterlesungen im Nord

Google am 23. September eingestellt

Diktate als Klassenarbeiten erlaubt

Gretna Green wiedereröffnet

SUIZID: DREI MILITIA-EINHEITEN TOT AUFGEFUNDEN

Förderung der Regionalsprachen stark aufgestockt

## Episode 20: Destination

Die Kühle des Septembermorgens im Jahre 3 nach der Wiedervereinigung empfand Maja als sehr angenehm. Seit sie zwei Jahre zuvor gemeinsam mit Juan Spitzbergen verlassen hatte, hatte sie die frühen Morgenstunden für die Korrespondenz mit ihren Freunden weltweit reserviert. Sie hatte an diesem Freitag unterrichtsfrei, während Juan bereits seine ersten Unterrichtsstunden absolviert hatte.

Der Freitag war für sie der Tag, an dem sie ihre Kontakte in die Welt pflegen konnte. Natürlich benutzte sie Comput und Mobiltelefon, hatte sich aber entschlossen, für wichtige, tiefgehende Korrespondenz auf Papier und Füllfederhalter zurückzugreifen. Der Brief an Immo Keupers war bis auf einen Hinweis zur besten Reisezeit nach

Patagonia fertig. Sie hoffte, Immo werde ihre Einladung annehmen und eine Zeit bei ihr und Juan verbringen. Natürlich war ihr bewusst, dass Immo mit seiner Tätigkeit, der Verbreitung von Buchliteratur weltweit, mehr als ausgelastet war.

Es folgte noch eine Sprachnachricht an Martin Walter, den Zimmergenossen Juans im Brüsseler Krankenhaus, der mittlerweile in Santiago de Chile wohnte. Auch er gehörte schon seit langem zum Freundeskreis von Juan und Maja.

Ihre Schule in Rio Gallegos hatte großen Zulauf und nicht nur Kinder und Jugendliche aus den umliegenden Orten Patagoniens, sondern auch Schülerinnen und Schüler aus allen Teilen der Welt hatten dafür gesorgt, dass die Pessoa High School weit über die Grenzen Patagoniens hinaus einen hervorragenden Ruf genoss.

Seit der Gründung durch Juan, Maja und Benoit war das Schulgelände um zahlreiche Internatsgebäude erweitert worden. Ohne nationale Trennung wohnten Schülerinnen und Schüler aus dem ehemaligen Nord und Süd in gemeinsamen Unterkünften, was zu einem inspirierenden Miteinander von jungen Menschen aus allen Erdteilen führte.

Mittlerweile war das Kollegium auf über 80 Lehrkräfte angewachsen. Die drei Gründer hatten es vorgezogen, für die Verwaltung der High School externe Kräfte zu engagieren, während sie selbst mit Leidenschaft unterrichteten.

Maja leitete die mathematisch-naturwissenschaftliche Abteilung, Juan unterrichtete Geschichte sowie Philosophie und war auch für das freiwillige Angebot „Weltreligionen" zuständig.

Benoit war der Fremdsprachenexperte und verantwortlich für das weit gefächerte Sprachenangebot, das über die Hauptsprachen Englisch und Spanisch hinaus zahlreiche Regionalsprachen wie Chinesisch, Russisch, Arabisch und Deutsch, aber für besonders interessierte Schülerinnen und Schüler auch Spezialsprachen wie Baskisch, Rätoromanisch, sogar Esperanto und Sanskrit anbot.

Sehr wichtig für die traditionelle Ausrichtung der Schule waren zwei Patres, die im Literaturspeicher auf Spitzbergen gearbeitet hatten und sehr glücklich waren, nach vielen Jahren eine Ortsveränderung vornehmen zu können und in wärmeren Regionen unterrichten zu dürfen. Fast alle Schülerinnen und Schüler, ob ehemalige Nordler oder Südler, wählten Latein, eine Wahl, an der die außerordentliche Beliebtheit der Lehrer Pater Bernardo und Pater Pavel großen Anteil hatte.

Niemals hätten Maja, Benoit und Juan damit gerechnet, dass ihre Schule eine derartige Popularität erhalten würde. Was zunächst als Rückzugsort für Juan und Maja nach all ihren schicksalhaften Erfahrungen begonnen hatte, war zu einer anerkannten Institution gewachsen.

Und dennoch hatten Maja und Juan großen Wert darauf gelegt, viel Zeit neben dem Unterrichten in der Natur und vor allem gemeinsam zu verbringen. Die Wochenenden nutzten sie dazu, in der fantastischen Bergwelt Patagoniens ausgedehnte Wanderungen vorzunehmen. Ihr Lieblingsort, an den sie sich auch an den Schultagen nachmittags zurückziehen konnten, war die Laguna Azul in der Nähe ihres Heimatorts Rio Gallegos, ein Ort, dessen karge Wildheit sie an Spitzbergen erinnerte. Und dorthin würden sie auch an diesem Freitagnachmittag fahren, sobald Juan aus der Schule zurückkäme.

An dieser Lagune saßen sie oft, allein oder auch mit Freunden, ließen ihren Gedanken freien Lauf und freuten sich, dass ihr Leben und auch die Welt diesen Verlauf genommen hatte.

Die Hochzeit von Maja und Juan hätte jeden Rahmen gesprengt, wenn sie auch nur einen kleinen Teil ihrer Freunde eingeladen hätten. Daher zogen sie es vor, bis Punta Arenas zu reisen, wo sie in einer sehr schlichten Zeremonie von Benoit getraut wurden.

Nun setzte sie sich mit einem Kaffee auf die Patio und dachten über ihre gestrigen Unterrichtsstunden nach. Sie hatte sich sehr gefreut, als zwei Schülerinnen ihre Präsentation zum Thema Klimawandel gehalten hatten – nicht etwa zerstückelt mit PowerPoint-Bildchen, sondern frei vorgetragen. Überhaupt war es erstaunlich, wie sich zur Freude aller Lehrkräfte allmählich im Schulalltag ein neuer Stil etablierte, nämlich erst geduldig zuzuhören, sich Notizen zu machen, abzuwarten und dann erst in eine Diskussion einzusteigen.

Später sprach Juan über Platons Höhlengleichnis. Auch wenn die Klassengrößen der Pessoa High School weit über das übliche Maß hinausgingen und mehr als 40 Jugendliche vor ihm saßen, wurde aufmerksam zugehört, als Professor Gonzalez ausführte: „Die Menschen in der Höhle waren so fixiert, dass sie ihre Köpfe nicht bewegen konnten. Auf einer Wand vor ihnen erschienen die Schatten von Geräten, Dingen und Menschen, die sich oben am Rande der Höhle befanden. Natürlich hielten die so gefesselten Menschen die Schatten für die einzige Realität." Hier hielt er inne und wartete auf eine Reaktion seiner Schülerinnen und Schüler.

Carlotta, eine Schülerin aus Italo, meldete sich zu Wort: „Dann wurden die Menschen aber doch befreit und an den Ausgang der Höhle geführt. Das jedenfalls habe ich gestern gelesen. Und dass ihnen die Augen schmerzten, weil sie das Sonnenlicht nicht gewöhnt waren. Ist das der Grund dafür, dass die Vertreter des Süd bei der Wiedervereinigung behutsam vorgegangen sind statt die Nordler zu überrumpeln?"

Nun war es an Juan, der Klasse klarzumachen, dass es keinen Sinn gehabt hätte, die Nordler zu überfordern. Wenn man bedenke, wie viele Jahre sie der Indoktrination und dem Konsum ausgeliefert waren, hätte eine überfallartige Veränderung nur zu Gegenreaktionen und Abwehr geführt. Hier hätten insbesondere die Arktiker hervorragende Arbeit geleistet.

Juan wünschte seinen Schülern ein angenehmes Wochenende, verließ den Klassenraum und ging, nachdem er sich von den Kolleginnen und Kollegen verabschiedet hat, die zwei Kilometer zu Fuß nach Hause.

Die Fahrt zu Lagune dauerte weniger als eine halbe Stunde. Juan parkte den Jeep, den restlichen Weg legten sie zu Fuß zurück. Als sie an ihrer Lieblingsstelle, von wo man ein fantastisches Panorama genießen konnte, angekommen waren, ließen sie sich nieder und schauten schweigend eine Weile auf die Berge und das klare Wasser des grünblauen Sees.

Sie hatten Glück und einen der seltenen windstillen Tage erwischt. Gedankenverloren nahm Maja einen Stein und warf ihn in das spiegelglatte Wasser der Lagune. Sie betrachtete die sich bildenden Ringe und sagte: „Und die menschliche Natur? Wird sie nicht wieder durchbrechen? Werden Konkurrenz und Machtgier wieder die Oberhand gewinnen?"

Sie griff in ihren Rucksack. Das übliche Ritual konnte beginnen. Sie zog das Päckchen mit Tabak heraus, drehte geschickt eine Zigarette und zündete sie an. Nacheinander nahmen sie einen tiefen Zug und bliesen den Rauch in die warme Frühlingsluft von Patagonien.

„Wir werden sehen", sagte Juan.